JN317418

パノラマ島綺譚

江戸川乱歩ベストセレクション⑥

江戸川乱歩

角川ホラー文庫
15717

目次

パノラマ島綺譚

一

同じM県に生んでいる人でも、多くは気づかないでいるかも知れません。I湾が太平洋へ出ようとする、S郡の南端に、外《ほか》の島々から飛び離れて、丁度緑色の饅頭《まんじゅう》をふせた様な、直径二里足らずの小島が浮んでいるのです。今では無人島にも等しく、附近の漁師《りょうし》共が時々気まぐれに上陸して見る位で、殆《ほとん》ど顧《かえりみ》る者もありません。殊《こと》にそれは、ある岬の突端《とっぱな》の荒海に孤立していて、余程《よほど》の凪《なぎ》でもなければ、小さな漁船などでは第一近づくのも危険ですし、又危険を冒《おか》してまで近づく程の場所でもないのです。所の人は俗に沖の島《おきのしま》と呼んでいますが、いつの頃からか、島全体が、M県随一の富豪であるT市の菰田《こもだ》家の所有になっていて、以前は同家に属する漁師達の内、物好きな連中が小屋を建てて住まったり、網干し場、物置きなどに使っていたこともあるのですが、数年以前それがすっかり、取払われ、俄《にわか》にその島の上に不思議な作業が始《はじま》ったのです。何十人という人夫土工或《あるい》は庭師などの群が、別仕立てのモーター船に乗って、日毎《ひごと》に島の上に集《あつま》って来ました。どこから持って来るのか、様々の形をした巨岩や、樹木や、鉄骨や、木材や、数知れぬセメント樽《だる》などが、島へ島へと運ばれました。そして、人里離れた荒海の上に、目的の知れぬ土木事業とも、庭作りともつかぬ工作が始まったのです。

沖の島の属する郡には、政府の鉄道は勿論《もちろん》私設の軽便《けいべん》鉄道や、当時は乗合自動車さえ通っていず、殊に島に面した海岸は、百戸に充《み》たぬ貧弱な漁村がチラホラ点在しているばかりで、その間々《あいだあいだ》には人も通わぬ断崖がそそり立っていて、謂《い》わば文明から切り離された、まるで辺鄙《へんぴ》な所だものですから、その様な風変りな大作業が始っても、その噂《うわさ》は村から村へと伝わる丈《だ》けで、遠くに行くに従って、いつしかお伽噺《とぎばなし》の様なものになって了《しま》い、仮令《たとえ》附近の都会などに、それが聞えても、高々《たかだか》地方新聞の三面を賑《にぎ》わす程のことで済んで了いましたが、若《も》しこれが都近くに起った出来事だったら、どうして、大変なセンセーションを捲き起したに相違ありません。それ程、その作業は変てこなものだったのです。

流石《さすが》に附近の漁師達は怪しまないではいられませんでした。何の必要があって、どの様な目的があって、あの人も通わぬ離れ小島に、費用を惜《おし》まず、土を掘り、樹木を植え、塀を築き、家を建てるのであろう。まさか菰田家の人達が、物好きにあの不便な小島へ住もうという訳《わけ》ではなかろうし、そうかと云って、あんな所へ遊園地を拵《こしら》えるというのも変なものだ。若しかしたら、菰田家の当主は気でも狂ったのではあるまいか、などと噂し合ったことでした。というのには、又訳のあることで、当時の菰田家の主《あるじ》というのは、癲癇《てんかん》の持病を持っていて、それが嵩《こう》じて、少し前に一度死を伝えられ、附近の評判になった程の立派な葬式さえ営《いとな》んだのですが、それが、不思議にも生き返って、併《しか》し生き返ってからというものは、ガラリ性質が変って、時々非常識な、狂気じみた行動があるとの噂が、その辺の漁師達にまで伝わっていて、さてこそ、今度の工作も、やっぱりそのせいではないかと、疑いを抱《いだ》くことになったのです。

それは兎《と》も角《かく》、人々の疑惑の内に、といって都に響く程の大評判にもならず、このえたいの知れぬ事業は、菰田家の当主の直接の指図の下《もと》に、着々と進捗《しんちょく》して行きました。三月《つき》四月とたつに従って、島全体を取囲んで、丁度万里《ばんり》の長城《ちょうじょう》の様な異様な土塀が出来、内部には、池あり、河あり、丘あり、谷あり、そして、その中央に巨大な鉄筋コンクリートの不思議な建物まで出来上りました。その光景がどの様に奇怪千万な、そして又世にも壮麗なものであったかは、ずっと後になって御話する機会があろうと思いますから、ここには省《はぶ》きますが、それが若し完全に出来上って了ったなら、どんなにすばらしいものだったでありましょう。心ある人が見たならば、現にある、半《なか》ば荒廃した沖の島の景色から、十分それが推察出来るに相違ありません。ところが、不幸にも、この大事業は、やっと完成するかしないに、思わぬ出来事の為《ため》に、頓挫《とんざ》を来《きた》したのです。

それが、どういう理由《わけ》であったかは、ほんの一部の人にしか、ハッキリは分って居りません。なぜか、事が秘密の中《うち》に運ばれたのです。その事業の目的も性質も、それが頓挫を来たした理由《りゆう》も、一切曖昧《あいまい》の内に葬られて了ったのです。ただ外部に分っていることは、事業の頓挫と相前後して菰田家の当主とその夫人とが、この世を去り、不幸にも彼等の間に子種がなかった為、今は親族のものがその跡目を相続しているということ丈けでした。

その彼等の死因についても、色々の噂がないではありませんでしたが、単に噂に止《とど》って、いずれも攌《つか》み所のない、随《したが》ってそれが其筋《そのすじ》の注意を惹《ひ》くという程のものではなかったのです。島はその後も、やっぱり菰田家の所有地に相違ないのですが、事業は荒廃したまま、訪ねる人もなく、放擲《ほうてき》され、人工の森や林や花園は、殆ど元の姿を失って、雑草のはびこるに任せ、鉄筋コンクリートの奇怪な大円柱達《たち》も、風雨に曝《さら》されて、いつしか原形を止《とど》めなくなって了いました。そこに運ばれた樹木石材等《とう》は、非常な費用をかけたものではありましたが、さて、それを都に運んで売却するには、却《かえ》って運賃倒れになるという様な点から、荒廃はしながらも、一木一石《いちぼくいっせき》元の場所を換えた訳ではありません。随って、今でも、若し諸君が旅行の不便を忍んで、M県の南端を訪れ、荒海を乗り切って沖の島に上陸なさるならば、そこに、世にも不可思議なる人工風景の跡を見出すことが出来るに相違ありません。それは一見、非常に宏大な庭園に過ぎないのですが、ある人はそこから、何物か、途方もないある種の計画、若しくは芸術という様なものを感じないではいられぬでありましょう。それと同時に、その人は又、その辺一体に漲《みなぎ》る、怨念《おんねん》というか、鬼気というか、兎も角一種の戦慄《せんりつ》に襲われないではいられぬでありましょう。

そこには実に、殆ど信ずべからざる、一場《いちじょう》の物語があるのです。その一部は菰田家に接近する人々には公然の秘密となっている所の、そしてその肝要な他の部分は、たった二三人の人物にしか知られていない所の、世にも不思議な物語があるのです。若し諸君が、私の記述を信じて下さるならば、そして、この荒唐無稽《こうとうむけい》とも見える物語を最後まで聞いて下さるならば、では、これからその秘密譚というのを始めることに致しましょうか。

二

お話は、M県とはずっと離れた、この東京から始まるのです。東京の山の手のある学生街《まち》に、お定《きま》りの殺風景な、友愛館《ゆうあいかん》という下宿屋があって、そこの最も殺風景な一室に、人見廣介《ひとみひろすけ》という書生ともごろつきともつかぬ、その癖《くせ》年輩は三十を余程過ぎていそうな、不思議な男が住んで居りました。彼は沖の島の大土工が始まる五六年前にある私立大学を卒業し、それからずっと別に職を求めるでもなく、といってこれという確《たし》かな収入の道があるでもなく、謂わば下宿屋泣かせ、友達泣かせの生活を続けて、最後にこの友愛館に流れつき、彼の大土工が始《か》まる一年前位まで、そこで暮していたのです。

彼は自分では哲学科出身と称しているのですが、といって、哲学の講義を聞いた訳ではなく、ある時は文学に凝って、夢中になり、その方の書物を猟《あさ》っているかと思うと、ある時は飛んでもない方角違いの建築科の教室などに出掛けて行って、熱心に聴講して見たり、そうかと思うと、社会学経済学などに頭を突込んで見たり、今度《しょう》は油絵の道具を買込んで、絵描きの真似事《まねごと》をして見たり、馬鹿に気が多い癖に妙に飽《あ》き性で、これといって本当に修得した科目もなく、無事に学校を卒業出来たのが不思議な位なのです。で、若し彼が何か学んだ所があるとすれば、それは決して学問の正道ではなくて、謂わば邪道の奇妙に一方に偏したものであったに相違ありません。それ故《ゆえ》にこそ、学校を出て五六年もたっても、まだ就職も出来ないでまごまごしている訳なのです。

尤《もっと》も人見廣介自身が、何かの職について、世間並な生活を営もうなんて、神妙な考《かんがえ》は持っていなかったのです。実をいうと、彼はこの世を経験しない先から、この世に飽き果てていたのです。一つは生来の病弱からでもありましょう。それとも青年期以来の神経衰弱のせいであったかも知れません。何をする気にもなれないのです。人生の事が凡《すべ》て、ただ頭の中で想像した丈けでもう十分なのです。何もかも「大したことはない」のです。そこで、彼は年中汚《きたな》い下宿の一室に寝転んだまま、それで、どんな実際家も嘗《かっ》て経験したことのない、彼自身の夢を見つづけて来ました。つまり、一口に云えば、彼は極端な夢想家に外《ほか》ならぬのでありました。

では、彼はそうして、あらゆる世上《せじょう》のことを放擲して、一体何を夢見ていたかと云いますと、それは、彼自身の理想郷、無可有郷《むかゆうきょう》のこまごました設計についてでありました。彼は学校にいる時分から、プラトー以来の数十種の理想国物語、無可有郷物語を、世にも熱心に耽読《たんどく》しました。そして、それらの書物の著者達が、実現すべくもない彼等の夢想を、文字に託《たく》して世に問うことによって、せめてもの心やりとしていた、その気持を想像しては、一種の共鳴を感じ、それを以《もっ》て、彼自身も僅《わず》かに慰《なぐさ》められることが出来たのでした。それらの著書の中でも、政治上、経済上などの理想郷については、彼は殆ど無関心でありました。彼の心をとらえたのは、地上の楽園としての、美の国、夢の国としての、理想郷でありました。それ故、カベーの「イカリヤ物語」よりはモリスの「無可有郷だより」が、モリスよりは更《さら》にエドガア・ポオの「アルンハイムの地所」の方が、一層彼を惹きつけるのでした。

彼の唯一の夢想は、音楽家が楽器によって、画家がカンヴァスと絵具によって、詩人が文字によって、様々の芸術を創造すると同じ様に、この大自然の、山川草木《さんせんそうもく》を材料として、一つの石、一つの木、一つの花、或は又そこに飛びから所の鳥、けもの、虫けらの類に至るまで、皆生命を持っている、一時間毎に、一秒毎に、生育しつつある、それらの生き物を材料として、途方もなく大きな一つの芸術を創作することでありました。神によって作られたこの大自然を、それには満足しないで、彼自身の個性を以て、自由自在に変改し、美化し、そこに彼独得の芸術的大理想を表現することでありました。つまり、言葉を換えて云えば、彼自身神となってこの自然を作り換えることでありました。

彼の考えによれば、芸術というものは、見方によっては、自然に対する人間の反抗、あるがままに満足せず、それに人間各個の個性を附与したいという欲求の表れに外ならぬのでありました。それ故に、例えば、音楽家は、あるがままの風の声、波の音、鳥獣の鳴声などにあき足らずして、彼等自身の音を創造しようと努力し、画家の仕事はモデルを単にあるがままに描き出すのではなくて、それを彼等自身の個性によって変改し美化することにあり、詩人は云うまでもなく、単なる事実の報道者、記録者ではないのであります。併し、これらの所謂《いわゆる》芸術家達は、何故《なぜ》なれば楽器とか絵具とか文字とかいう、間接的な非効果的な七面倒な手段により、それ丈けで満足しているのでありましょう。どうして彼等はこの大自然そのものに着眼しないのでありましょう。そして、直接大自然そのものを楽器とし、絵具とし、文字として駆使しないのですか。それがまるで不可能な事柄でない証拠には、造園術と建築術とが、現にある程度まで自然そのものを駆使し、変改し、美化しつつあるではありませんか。それをもう一層芸術的に、もう一層大がかりに、実行することは出来ないのでありましょうか。人見廣介は斯《か》く疑うのでありました。

随って彼は、先に挙げた様な数々のユートピヤ物語よりは、それらの架空的な文字の遊戯よりは、もっと実際的な、その内のあるものはある程度まで彼と同じ理想を実現したかに見える、古来の帝王達の——主として暴君達の——華々しい業蹟《ぎょうせき》に、幾層倍も惹きつけられるのでありました。例えばエジプトのピラミッド、スフィンクス、ギリシャ、ローマの城郭的《じょうかくてき》な或は宗教的な大都市、支那では万里の長城、阿房宮、日本では飛鳥《あすか》朝以来の仏教的大建築物、金閣寺、銀閣寺、単にそれらの建設物ではなくて、それを創造した英雄達のユートピヤ的な心事を想像する時、人見廣介の胸は躍《おど》るのでありました。

「若し我に巨万の富を与えるならば」

これはあるユートピヤ作者の使用した著書の表題でありますが、人見廣介も又、常に同じ歎声《せい》を洩《もら》すのでした。

「若し俺《おれ》が使い切れぬ程の大金を手に入れることが出来たらばなあ。先《ま》ず広大な地所を買入れて、それはどこにすればいいだろう。数百数千の人を役《えき》して、日頃俺の考えている地上の楽園、美の国、夢の国を作り出して見せるのだがなあ」

それにはああして、こうしてと、空想し出すと際限なく、いつも頭の中で、完全に彼の理想郷を拵《こしら》えて了わないでは気が済まぬのでした。

併し気がつけば、夢中で拵えていたものは、ただ白昼の夢、空中の楼閣《ろうかく》に過ぎなくて、現実の彼は、見るも哀れな、その日のパンにも困っている、一介の貧乏書生でしかないのです。そして、彼の腕前では、仮令一生を棒に振って、力限り根限《こん》り、働き通して見た所で、たった数万円の金さえ、蓄積することは出来相《そう》もないのでありました。

所詮《しょせん》彼は「夢見る男」でありました。一生涯、そうして、夢の中では有頂天《うちょうてん》の美に酔いながら、現実の世界では、何というみじめな対照でありましょう。汚い下宿の四畳半に転《ころが》って、味気ない其日《そのひ》其日を送って行かねばならないのです。

そうした男は、多く芸術にはしって、そこにせめてもの安息所を見出すものですが、何の因果か、彼には仮令芸術的傾向があったとしても、最も現実的な、今云う彼の夢想の外には、恐らくどの芸術も、彼の興味を惹く力はなく、又その才能にめぐまれてもいなかったのでした。

彼の夢が若し実現出来るものとしたならば、それは実に、世に比類なき大事業、大芸術に相違ないのです。それ故、一度《ひとたび》この夢想境を彷徨《さまよ》った彼に取っては、世の中の如何《いか》なる事業も、如何なる娯楽も、さては如何なる芸術さえもが、まるで価値のない、取るに足らぬものに見えたのは、誠に無理もないことでした。

併し、そうして凡ての事柄に興味を失った彼とても、食う為には、やっぱり多少の仕事をしない訳には行きません。それには、彼は学校を出て以来、安飜訳の下請《したうけ》だとか、お伽噺だとか、まれには大人の小説だとかを書いて、それを方々《ほうぼう》の雑誌社に持込んでは、からくも其日のたつきを立てているのでした。最初の内は、それでも芸術というものに多少の興味もあり、丁度古来のユートピヤ作者達がした様にお話の形で彼の夢想を発表することにも少なからぬ慰《なぐさ》めを見出すことが出来ましたので、いくらか熱心にそうした仕事を続けていたのですが、ところが、彼の書くものは、飜訳は別として、創作の方は妙に雑誌社の気受けが悪いのでした。それというのが彼のは、彼自身の例の無可有郷を、色々な形式で、微《び》に入《い》り細《さい》を穿《うが》ち描写するに過ぎない、謂わば一人よがりの退屈極《きわ》まる代物だったものですから、それは無理もないことと云わねばなりません。

そんな訳で、折角《せっかく》気を入れて書き上げた創作などが、雑誌編輯者《へんしゅうしゃ》に握りつぶされたことも一二度ではなく、そこへ持って来て、彼の性質が、ただ文字の遊戯などで満足するには、余りに貪婪《どんらん》であったものですから、小説の方では一向うだつが上らないのです。といって、それをも止《や》めて了っては、早速《さっそく》其日の暮しにも困るので、厭々《いやいや》ながら、いつまでも下積み三文文士の生活を続けて行く外はないのでした。

彼は一枚五十銭の原稿を書きながら、そして、それの暇々には、彼の夢想郷の見取図だとか、そこへ建てる建築物の設計図だとかを、何枚となく書いては破り、書いては破りしながら、彼等の夢想を思うままに実現することの出来た、古来の帝王達の事蹟を、限りなき羨望《せんぼう》を以て、心に思い描くのでした。

三

さて御話というのは、人見廣介がその様な状態で生き甲斐《がい》のない其日其日を送っている所へ、ある日のこと、それは先に云った例の離れ島の大土工が始まる一年ばかり前に当るのですが、実にすばらしい幸運が舞い込んで来たことから始まるのです。それは一口に幸運などという言葉では云い尽せない程、奇怪至極《しごく》な、寧《むし》ろ恐るべき、それでいてお伽噺にも似た蠱惑《こわく》を伴う所の、ある事柄でありました。彼はその吉報（？）に接して、やがてある事に思い当ると、恐らく何人《なんぴと》も嘗て経験したことのない不思議な歓喜を味《あじわ》い、そしてその次の刹那《せつな》には、彼自身の考えの余りの恐しさに、歯の根も合わぬ程の戦慄を覚えたのであります。

　その報知を齎《もたら》した者は、大学時代彼の同級生であった、一人の新聞記者でありましたが、ある日、その男が、久し振りで廣介の下宿を訪れ、何かの話の序《ついで》に、無論《むろん》彼としては何の気もつかず、ふとその事柄を言い出したのでした。

「時に、君はまだ知るまいが、つい二三日前に君の兄貴が死んだのだよ」

「なんだって？」

　その時、人見廣介は、相手の異様な言葉に、ついこんな風に反問しないではいられませんでした。

「ホラ、君はもう忘れたのかい。例の有名な君の片割《かたわれ》だよ、双生児《ふたご》の片割だよ。菰田源三《げんざぶ》郎《ろう》さ」

「アア、菰田か。あの大金持の菰田がかい。そいつは驚いたな。全体何の病気で死んだのだい」

「通信員から原稿を送って来たのだよ。それによると、先生持病の癲癇でやられたらしい。発作が起ったまま回復しなかったのだね。まだ四十の声も聞かないで、可哀相なことをしたよ」

　そのあとにつけ加えて、新聞記者はこんなことを云いました。

「それにしても、僕は今更《いまさ》ら感心したね。なんてよく似ているのだろう。君とあの男がさ。原稿と一緒に菰田の最近の写真を入れて来たのだが、それを見ると、あれから五六年たつけれど、君達は、寧ろ学生時代以上に似て来たね。あの写真の口髭《くちひげ》の所へ指を当てて、そこへ、君のその眼鏡《めがね》をかけさせればまるでそっくりなんだからね」

この会話によって、読者諸君が已《すで》に想像された通り、貧乏書生の人見廣介と、M県随一の富豪菰田源三郎とは、大学時代の同級生で、しかも、不思議なことには、外の学生達から双生児という渾名《あだな》をつけられていた程、顔形から脊恰好《せかっこう》、声音《こわね》に至るまで、まるで瓜《うり》二つだったのです。同級生達は彼等の年齢の相違から、菰田源三郎を双生児の兄と呼び、人見廣介を弟と呼んで、何かにつけて二人をからかおうとしました。からかわれながら、彼等は、お互《たがい》に、その渾名が決して偽《いつわ》りではないことを、自《みず》から認めない訳には行かなかったのです。こうしたことは、間々《まま》ある習いとは云いながら、彼等の様に、双生児でもないのに、双生児と間違う程も似ているというのは、一寸《ちょっと》珍らしい事でした。殊にそれが、後《のち》になって、世にも驚くべき怪事件を生むに至った事実を思えば、因縁《いんねん》の恐しさに、身震いを禁じ得ないのです。

彼等が双方とも、余り教室へ顔を見せない方だったのと、人見廣介が軽度の近眼で、始《し》終《じゅう》眼鏡を用いていたのとで、二人顔を合せる機会が少く、顔を合せた所で一方は眼鏡がある為、遠方からでも十分区別することが出来たものですから、さしたる珍談も起らないで済みましたが、それでも、長い学生生活中には、笑い話の種になる様な事柄が一二度ならずありました。それ程彼等はよく似ていたのです。

その所謂双生児の片割が死んだというのですから、人見廣介に取っては、外の同窓の訃《ふ》報《ほう》に接したよりは、いくらか驚きが強かった訳ですが、でも、彼は当時から、まるで自分の影の様な菰田に対して、彼等が余りに似過ぎている為に却って嫌悪の情を抱いていた位で、無論悲しみを感ずるという程ではありませんでした。とは云え、この出来事には何とも知れず人見廣介をうつものがあったのです。それは悲しみというよりは驚き、驚きというよりは、何かこう、妙に不気味な、えたいの知れぬ予感の様なものでありました。

併しそれが何であるか、相手の新聞記者がそれから又長い間世間話を続けて、さて帰って了うまで、彼は一向気づかないでいたのですが、一人になってから、妙に頭に残っている菰田の死について、色々と考えている内に、やがてある途方もない空想が、夕立雲の拡がる時の様な、早さ、不気味さで、彼の頭の中にムラムラと湧き起って来たのです。彼は真青《まつさお》になって歯を喰いしばって、はてはガタガタ震えながら、いつまでもじっと一つ所に坐ったまま、その段々ハッキリと正体を現わして来る考を見つめて居りました。ある時は、余りの怖さに、次々と湧き上る妙計を、押え止めようと努力したのですが、どうして止まるどころか、押えれば押える程、却って百色《ひやくいろ》眼鏡の鮮かさを以て、その悪計の一つ一つの場面までが、幻想されて来るのでした。

四

彼がその様な、謂わば未曾有《みぞう》の悪企《わるだく》みを考えつくに至った一つの重大な動機は、M県の菰田の地方では、一般に火葬というものがなく、殊に菰田家の様な上流階級では、猶更《なおさ》らそれを忌《い》んで、必ず土葬を営むに極《きま》っているという点に在《あ》りました。その事は在学時代菰田自身の口からも聞いて、よく知っていたのです。それともう一つは、菰田の死因が癲癇の発作からであったことでした。これが又、彼のある記憶を呼び起さないではいなかったのです。

人見廣介は、幸か不幸か、以前ハルトマン、ブーシュ、ケンプナーなどという人々の、死に関する書物を耽読したことがあって、殊に仮死の埋葬については、可成《かなり》の知識を持っていたものですから、癲癇による死というものが、如何に不確《ふたしか》で、生埋めの危険を伴うものだかを、よく心得ていたのです。多くの読者諸君は、多分ポオの「早過ぎた埋葬」という短篇をお読みになったことがおありでしょう。そして、仮死の埋葬の恐しさを十分御承知でありましょう。

「生きながら葬られるということは、嘗《かつ》て人類の運命に落ち来《きた》った、これらの極端な不幸（バーソロミュウの大虐殺其他《そのた》の歴史上の戦慄すべき事件）の内で、疑《うたがい》なく最も恐しきものである。そして、これが屢々《しばしば》、甚《はなは》だ屢々、この世に起っていることは、少し物の分る人には否定出来ない所である。死と生とを分つ境界は、たかが漠《ばく》とした影である。どこで生が終り、どこで死が始まるのだか、誰が定めることが出来よう。ある疾病《しっぺい》にあっては、生命の外部的機関が悉《ことごと》く休止して了うことがある。しかもこの場合、こうした休止状態は、ただ中止に過ぎぬのである。不可解な機制の一時的停止に過ぎぬのである。だから暫くたてば、（それは数時間のこともあれば、数日のことも、或は数十日のこともあるのだ）目に見えぬ不思議な力が働いて、小歯車《こ》、大歯車が魔法の様に再び動き出す」

そして、癲癇がその様な疾病の一つであることは、色々の書物に示された実例によって、疑うべくもないのです。例えば、嘗てアメリカの「生埋め防止協会」の宣伝書に発表された仮死の起り易《やす》い数種の疾病の中にも、明かに癲癇の項目が含まれていたのを、なぜか彼はよく覚えていました。

彼は数知れぬ仮死の埋葬の実例を読んだ時、どんなに変てこな感じにうたれたことでしょう。その名状《めいじょう》すべからざる一種の感じに対しては、恐怖とか戦慄とかいう言葉は、余りにありふれた、平凡至極なものに思われた程でありました。例えば、妊婦《にんぷ》が早過ぎた埋葬に遇《あ》って、墓場の中で生き返り、生き返ったばかりか、その暗闇の中で分娩《ぶんべん》して、泣きわめく嬰児《えいじ》を抱《いだ》いて悶《もだ》え死んだ話などは、（恐らく彼女は、出ぬ乳を、血まみれの嬰児の口に含ませていたことでもありましょう）まるで焼きつけた様な印象となって、いつまでも

いつまでも彼の記憶に残っていました。

併し、癲癇がやはりそうした危険を伴う病気だことを、彼はどうして、そんなにハッキリと覚えていたか、人見廣介自身では、少しも気づかなかったのですが、人間の心の恐しさには、彼はそれらの書物を読んだ時に、彼と生写《いきうつ》しの、双生児の片割とまで云われていた菰田が、大金持の菰田が、やはり癲癇病みであることを、無意識の中《うち》に意識していなかったとは云えないのです。先に云う通り生れつきの夢想家である人見廣介が、クネクネと考え廻すたちの彼が、仮令ハッキリ意識しなかったとは云え、そこへ気のつかぬ筈《はず》はないのです。

若しそうだとすれば、数年以前彼の心の奥底に、私《ひそか》に播《ま》かれた種が、今菰田の死に遇って、始めてハッキリした形を現したとも考えられぬことはありません。が、それは兎も角、彼の世にも稀《まれ》なる悪計は、そうして、彼が身体中《からだじゅう》からじりじりとにじみ出す冷汗を感じながら、その夜一夜、横にもならず坐り続けている内に、始めはまるでお伽噺か夢の様な考えであったのが、少しずつ、少しずつ、現実の色を帯び始め、遂には、手を下しさえすれば必ず成就《じょうじゅ》する、極《ご》くあたり前の事柄にさえ思われて来るのでありました。

「馬鹿馬鹿しい。いくら俺とあいつとが似ているからといって、そんな途方もない……実際途方もないことだ。人間始って以来、こんな馬鹿らしい考えを起したものが、一人だってあるだろうか。よく探偵小説などで、双生児の一方が、他の一方に化けて一人二役《いちにん》を勤める話は読むけれど、それさえも、実際の世の中には先ず有り相もないことだ。まして、今俺の考えている悪企みなど、正に狂気の妄想じゃないか。つまらないことは考えず、お前はお前の分相応に、一生涯実現出来っこないユートピヤを夢にでも見ているがいいのだ」

幾度《いくたび》か、そんな風に考えては、余りに恐しい妄想を振い落そうと試みはしたのですが、併し、そのあとから、すぐに又、

「だが、考えて見れば、これ程造作のない、その上少しの危険も伴わぬ計画というものは、滅多《めった》にあるものではない。仮令如何《いか》程《ほど》骨が折れようと、危険を冒《おか》そうと、万一成功したならば、あれ程お前が熱望していた、長の年月《としつき》ただそれのみを夢見つづけていた、お前の夢想郷の資金を、まんまと手に入れることが出来るではないか、その時の楽しさ、嬉しさはまあどの様であろう。どうせ飽き果てたこの世の中だ。どうせうだつの上らない一生だ。よしんば、その為に命を落したところで、何の惜しいことがあるものか。ところが実際は、命を落すどころか、人一人殺すではなし、世の中を毒する様な悪事を働く訳ではなし、ただ、この俺というものの存在を、手際《てぎわ》よく抹殺《まっさつ》して、菰田源三郎の身替《みが》わりを勤めさえすれば済むのだ。そして、何をするかと云えば、古来何人《なんぴと》も試みたことのない、自然の改造、風景の創作、つまり途方もなく大きな一つの芸術品を造り出すのではないか、楽園を、地上の天国を創造するのではないか。俺として何処《どこ》にやましい点があるのだ。それに又、菰

田の遺族にしたところが、そうして、一度死んだと思った主人が活《い》き返ってくれたなら、喜びこそすれ、何の恨《うら》みに思うものか、お前はそれをさも大悪事の様に思い込んでいるが、見るがいい、こうして一つ一つ結果を吟味《ぎんみ》して行けば、悪事どころか、寧ろ善事なのではないか」

そう筋道を立てて見ると、成程《なるほど》、条理整然としていて、実行上に少しの破綻《はたん》もなければ、且《かつ》は又、良心にとがめる点も殆どないと云っていいのでした。

この計画を実行するについて、何より都合のよかったのは、菰田源三郎の家族といっては、両親はとっくになくなって了い、たった一人、彼の若い細君がいる切りで、あとは数人の雇人《やといにん》ばかりなことでありました。尤も彼には一人の妹があって、東京のある貴族へ嫁入りしているのですし、国の方にも、そうした大家《たいけ》のことであって見れば、定めし沢山《たくさん》の親族がいることでしょうが、それらの人が亡き源三郎と瓜二つの人見廣介という男のあることを知っている筈もなく、どうかして噂位聞いていたところで、まさかこれ程似ていようとは想像しないでありましょうし、その上、その男が源三郎の替玉《かえだま》となって現れるなどとは、夢にも考える道理がありません。それに、彼は生れつき、不思議とお芝居のうまい男でもあったのです。たった一人恐しいのは、細《こま》かい所まで源三郎の癖を知っているに相違ない、当人の細君ですが、これとても、用心さえしていれば、取り分け夫婦の語らいという様なことを、なるべく避けていたならば、恐らく気づくことはないでしょう。それに、一度死んだものが生き返って来たのですから、多少容貌なり性質なりが変っていた所で、異常な出来事の為にそんな風になったものと思えば、さ程不思議がることもない筈です。

こうして彼の考えは段々微細な点に入って行くのでしたが、それらのこまごました事情をあれこれと考え合わせるに従って、彼のこの大計画は、一歩一歩、現実性、可能性を増して来る様に見えました。残る所は、これこそ彼の計画に取っての最大難関に相違ないのですが、如何にして彼自身の身柄を抹殺するか、又如何にして菰田の蘇生《そせい》をほんとうらしく仕組むか、それにつけては本物の菰田の死体を如何に処分するか、という点でありました。

この様な大悪事を（彼自身如何様《いかよう》に弁護しようとも）企《たくら》む程の彼ですから、生れつき所謂《いわゆる》奸智《かんち》に長《た》けていたのでもありましょう。そうしてクネクネと執念深く一つ事を考え続けている内に、それらの最も困難な点もなんなく解決することが出来ました。そして、これでよしと思ってから、彼は更にもう一度、微細な点に亙《わた》って、已に考えたことを、又改めて考え直し、愈々《いよいよ》一点の隙もないと極まると、さて最後に、それを実行するか否《いな》かの、大決心を定めねばならぬ場合が来たのでした。

五

身体中の血が頭に集《あつま》った感じで、もうそうなると、却って今考えている計画が、どれ程恐しいことだかも忘れて了って、殆ど一昼夜というもの、考えに考え、練りに練った挙句《あげく》、結局彼はそれを決行することに極めたのでした。後になって思い出すと、当時の心持は、まるで夢遊病みたいなもので、さて実行に取りかかっても、妙に空虚な感じで、それ程の大事が、何だか暢気《のんき》な物見《ものみ》遊山《ゆさん》にでも出掛ける様な、併《しか》し心のどこかの隅には、今こうしているのは実は夢であって、夢のあちら側にもう一つの本当の世界が待っているのだという意識が、蟠《わだかま》っている様な、異様な気持が続いていたのでした。

先に云った通り彼の計画は、二つの重要な部分に分れていました。その第一は彼自身を、即《すなわ》ち人見廣介という人間を、この世からなくして了うことですが、それに着手するに先だって、一度菰田の邸《やしき》のあるT市に急行して、果して菰田が土葬にされたかどうか、その墓地へうまく忍び込むことが出来るかどうか、菰田の若い夫人はどの様な人物であるか、召使共《めしつかいども》の気質はどんな風か、それらの点を一応検《しら》べて置く必要がありました。その結果若し、この計画に破綻を来す様な危険が見えたならば、そこで、始めて実行を断念しても遅くはないのです。まだまだ取返しの余地はあるのでした。

併し、彼がこのままの姿でT市に現れることは、勿論差控《さしひか》えなければなりません。その姿が人見廣介と分っても、或《あるい》は又、仮令菰田源三郎と見誤られても、孰《いず》れにしろ彼の計画に取っては致命傷でありました。そこで、彼は彼独得の変装を行《おこな》って、この第一回のT市への旅を旅立つことにしたのでした。

彼の変装方法というのは、実に無造作なもので、これまでの眼鏡を捨てて、極く大型の、併し余り目立たぬ形の、色眼鏡をかけ、一方の目を中心に、眉《まゆ》から頬《ほお》にかけて、大きく畳《たた》んだガーゼを当てて、口にはふくみ綿をして、これも目立たぬ口髭《くちひげ》をつけ、頭を五分刈りにする。と、ただこれ丈けのことでしたが、併し、その効果は実に驚くべきもので、出発の途中、電車の中で友達に逢ってさえ、少しも感づかれなかった程でありました。人間の顔の中で最も目立つものは、最も各自の個性を発揮しているものは、その両眼に相違ありません。それが証拠には、掌《てのひら》で鼻から上を隠したのと、鼻から下を隠したのとでは、まるで効果が違うのです。前の場合には、若しかすると人違いを仕兼《しか》ねませんけれど、後の場合では、すぐその人と分って了うのです。そこで、彼は先ず両眼を隠す為に色眼鏡を用いました。ところが、色眼鏡というものは、殆んど完全に目の表情を隠して呉《く》れる代りには、それをかけている人に、何となくうさん臭い感じを与えるものです。この感じを消す為に、彼はガーゼを一方の目に当て、眼病患者を装いました。こうすれば、同時に又、眉や頬の一部を隠すことも出来て、一挙両得でもあるのです。それに、頭髪《かみ》の恰好《かっこう》を極度に換え、服装を工夫すれば、もう七分通りは変装の目的を達することが出来たのですが、彼は更に念には念を入れて、ふくみ綿によって頬から顎《あご》の線を変え、つけ髭によって口の特徴を隠すことにしました。その上歩きっぷりでも換えることが出来たなら九分九厘《くぶくりん》人見廣介はなくなって了うのです。彼は変装については、日頃から一つの意見を持っていて、鬘《かずら》や顔料を使用するなどは、手数がかかるばかりでなく、却って人目を惹く欠点があり、迚《とて》も実用に適しないけれど、こうした簡単な方法を用いるならば、日本人だって、まんざら変装出来ないものでもないと、信じていたのでした。

彼はその翌日、下宿屋の帳場へは、思う仔細《しさい》があって、一時宿を引払って旅に出る、行く先とては定まらぬ、謂わば放浪の旅だけれど、最初は伊豆《いず》半島の南の方へ志す積《つも》りだと告げ、小さな行李《こうり》一つを携《たずさ》えて出発しました。そして、途中で、必要の品物を買い、人通りのない道ばたで、今云った変装を終ると、まっすぐに東京駅へかけつけ、行李は一時預けにして、T市の二つ三つ先の駅までの切符を買うと、彼は三等車の人ごみの中へともぐり込むのでありました。

T市に到着した彼は、それから足かけ二日、正しく云えば満一昼夜の間、彼の独得の方法によって、実に機敏に歩き廻り、聞き廻って、結局目的を果すことが出来ました。その詳細は、あまり管々《くだくだ》しくなりますから、茲《ここ》には省くことに致しますが、兎も角、調査の結果は、彼の計画が決して不可能事でないことを明かにしたのでありました。

そうして、彼が再び東京駅へ立帰ったのは、例の新聞記者の話を聞いた日から三日目、菰田源三郎の葬儀が行われた日から六日目の夜、八時に近い時分でした。彼の考えでは遅くとも源三郎の死後十日以内には、彼を蘇生させる積りなのですから、余す所四日間、実に大多忙と云わねばなりません。彼は先ず一時預けの小行李《こ》を受取ってから、駅の便所に入って例の変装をとりはずし、元の人見廣介に戻ると、その足で霊岸島の汽船発着所へと急ぎました。伊豆通いの船の出船は午後九時、それに乗って兎も角も伊豆半島の南に向うのが彼の予定の行動なのです。

待合所へかけつけると、船ではもうガランガランと乗船合図のベルが鳴り響いていました。切符は二等、行先は下田港《しもだこう》、行李をかついで、暗い桟橋《さんばし》を駆け、巌乗《がんじょう》な板の歩みを渡って、ハッチを入るか入らぬに、ボーッと出帆の汽笛でした。

六

彼の目的に取って好都合だったことには、十畳敷き程の船尾の二等室には、たった二人の先客があったばかりで、しかもそれが二人共田舎者《いなか》らしく、セルの着物にセルの羽織《はおり》という出《い》でたち、顔も巌乗らしく日に焼けて、その代りには頭の働きは一向鈍感相な中年の男達でありました。

人見廣介は黙って船室に入ると、先客達からずっと離れた、隅っこの方に席を取って、さて一寝入《ひとねい》りという恰好で、備えつけの毛布の上に横《よこた》わるのでした。併《しか》し勿論寝て了う訳ではなく、うしろ向きになったまま、じっと二人の男の様子をうかがっていたのです。ゴロゴロゴットン、ゴロゴロゴットンと、神経をうずかせる様な機関の響《ひびき》が、全身に伝わって来ます。鉄の格子《こうし》で囲った、鈍い電燈の光が、横になった彼の影を、長々と毛布の上に投げています。うしろでは、男達は知合いと見えて、まだ坐ったまま、ボソボソと話し合っている、その声が機関の音とごっちゃになって、妙に睡気《ねむけ》を誘う様な、けだるいリズムを作るのです。その上、海は静《しず》かしく、波の音も低く、動揺も殆んど感じられぬ程で、そうして、じっと横になっていますと、二三日来の興奮が、徐々に静まって行って、その空虚へ、名状し難《がた》い不安の念が、モヤモヤと湧き上って来るのでした。

「今ならまだ遅くない。早く断念するがいい。取り返しがつかなくなる前に、早く断念するがいい。お前は生真面目《きまじめ》に、お前のその気違いめいた妄想を実行しようとしているのか。本当に冗談ではなかったのか。一体それでお前の精神状態は、健康なのか。若しやどこかに故障があるのではないか」

時間と共に彼の不安は増して行きました。併し、彼はこの大魅力をどうして捨て去ることが出来ましょう。不安がる心に対して、彼のもう一つの心が説服《せっぷく》を始めるのです。どこに不安があるのだ。どこに手抜かりがあるのだ。これまで計画した仕事を、今更ら断念出来るものか。そして、彼の頭の中には、彼の目論見《もくろみ》の一つ一つが、微細な点に亙《わた》って、次々と現れて来るのです。しかも、そのどの一つにも、少しの手落ちだって、あろう道理はないのでした。

　ふと気がつくと、二人の客の話声《はなしごえ》がいつの間にかやんで、その代りに、調子の違った二通りの鼾《いびき》の音《ね》が、部屋の向側《むこうかわ》から響いていました。寝返りを打って、細目を開いて見ますと、男達は健康らしく大の字になって、相好《そうごう》をくずして、よく寐入っているのです。

　何者か、性急《せっかち》に彼の実行をせき立てるのが感じられました。機会が到来したという考えが、彼の雑念を立所に一掃《いっそう》して了いました。彼は何かに命ぜられる様に少しの躊躇《ちゅうちょ》もなく、枕頭《まくらもと》の行李を開いて、その底から一枚の着物の切れはしを取り出しました。それは妙な形に引き裂かれた、五六寸位の古びた木綿絣《もめんがすり》でした。それを摑むと、行李は元の通りに蓋《ふた》をして、かれはソッと甲板《かんぱん》に忍び出るのでした。

　もう十一時を過ぎていました。宵《よい》の内は時々船室へも顔を見せたボーイや船員達も、それぞれ彼等の寝間《ねま》に退いたのか、その辺には人影もありません。前方の一段高い上甲板には、定めし舵手《だしゅ》が徹宵《てっしょう》の見張りを続けているのでしょうが、今人見廣介の立っている所からはそれも見えません。舷《ふなべり》によれば、しぶきを立てる大波のうねり、船尾に帯をのべる夜光虫の燐光《りんこう》、目を上ぐれば、眉を圧して迫る三浦《みうら》半島の巨大なる黒影、明滅する漁村の燈火、そして、空にはほこりの様な無数の星屑《ほしくず》が、船の進行につれて、鈍い回転を続けています。聞えるものは、鈍重な機関の響と、舷にくだける波の音ばかりです。

　この分なれば、彼の計画は先ず発覚する心配はありません。幸い時は春の終り、海は眠った様に静です。航路の関係上、陸影は徐々に船の方へ近づいて来ます。後はもう、その陸と船とが最も接近する、予定の場所を待つ丈けなのです。(彼は度々《たびたび》この航路を通ったことがあって、それがどの辺だかをよく心得ていました) そして、たった数町の海上を、人目にかからぬ様に泳ぎ渡りさえすればよいのでした。

彼は先ず闇の中に、舷を探し廻って、欄干《らんかん》の外部に釘の出ている個所を見つけると、その釘へ、さい前《ぜん》の絣の切れを、風で飛ばぬ様にしっかりと引懸《ひきか》けて置いて、それから、帆《はん》布《ぷ》の影に隠れ、素肌にただ一枚着けていた、今の切れと同じ様な柄の古びた袷《あわせ》を脱ぐと、袂《たもと》の中の財布と変装用具とを落さぬ様にくるみ、そいつを兵児帯《へこおび》でかたく背中へ結びつけました。

「さあこれでよし。少しの間冷い思いをすればいいのだ」

彼は帆布の影を這い出して、もう一度その辺を眺め廻し、大丈夫誰も見ていないことが分ると、巨大な守宮《やもり》の恰好で、甲板上を舷へと這《は》って行き、スルスルと欄干を乗り越えました。音を立てない様に何かにすがって飛び込むこと、スクリュウに捲き込まれない用心をすること、この二つの点は、彼がもう何度となく考えて置いたことでした。それには、船が水道を通る時、方向転換の為に速度をゆるめた際が最も好都合なのです。そして、その時が又、陸にも一番近いのです。で、彼は舷の何かの綱にすがって、いつでも飛び込める用意をしながら、その方向転換の好機を、今か今かと待ち構えました。

不思議なことには、この激情的な場合にも拘らず、彼の心はいとも冷静に静まり返っていました。尤《もっと》も、進行中の船から海に飛び込んで、対岸に泳ぎつくことは、別段罪悪というではありませんし、それに距離も短く、泳ぎの方の自信もあり、大した危険のないことは分っていたのですけれど、といって、それがやっぱり彼の大陰謀の一つの予備行為であって見れば、彼の気質として不安を感じないでいられよう筈《はず》がないのでした。それにも拘らず、かくも冷静に、落ちつき払って行動することが出来たのは、何とも不思議と云わねばなりません。彼は後《のち》になって、計画に着手して以来、一日毎に大胆にふてぶてしくなって行った、彼自身の心持をふり返り、そのはげしい変化に、非常な驚きを味ったことですが、彼がそうして舷にとりすがった時の心持が、恐らくその手始めであったのかも知れません。

やがて、船は目的の個所に近づき、ガラガラという、舵器《だき》の鎖《くさり》の音がして、方向を換え始め、同時に速度も鈍くなって来ました。

「今だ!」綱を離す時には、それでも、流石に心臓がドキンと躍り上りました。彼は手を離すと同時に、全身の力をこめて舷を蹴り身を平《たいら》かにして、なるべく遠い所へ、丁度水に乗った形で、音の立たぬ様にすべり込む方法を執《と》りました。

ゴボンという水音、ハッと身にしむ冷たさ、上下左右から迫って来る海水の力、もがいても、もがいても水の表面に浮び上らぬもどかしさ、その中で、彼は併し、滅多無上《むしょう》に水を掻《か》き、水を蹴り、一寸《すん》でも一尺でも、スクリュウから遠ざかることを忘れませんでした。

どうしてあの舷の渦《うずまき》を泳ぎ切ることが出来たか、それから、仮令穏やかな海であったとは云え、しびれる様な冷水の中を、数町の間も、どうして耐えしのぶことが出来たか、後になって考えて見ても、彼にはその我ながら不思議な力をどうも理解出来ないのでした。

かくて、幸運にも計画の第一着手を、美事《みごと》にやりおおせた彼は、疲れ切った身体を、どことも知れぬ漁村の暗闇の海辺に投げ出して、そこで夜の明けるのを待ち、まだ乾き切らぬ着物を着、変装を施《ほどこ》して、村人達が起き出《い》でぬ内に、横須賀《よこすか》と覚しき方向に向って歩き出すのでした。

七

昨夜まで人見廣介であった男は、それから一日、乗替駅の大船《おおふな》の安宿で暮して、その翌日の午後、丁度夜《よ》に入《い》ってT市に着く汽車を選んで、やっぱり変装のまま、三等車の客となりました。諸君は已《すで》に御気づきでありましょうが、彼がこうして貴重な一日を、為《な》すこともなく過したのは、彼の自殺のお芝居が、うまく目的を果したかどうかを、知ろうとして、それの載る新聞の出るのを待ち合わせる為でありました。そして、彼が愈々T市へ乗込む以上は、その新聞記事が、思う壺《つぼ》にはまって、彼の自殺を報道していたことは申すまでもないのです。

「小説家の自殺」という様な標題《みだし》で、（彼も死んだお蔭で他人から小説家と呼んで貰《もら》うことが出来ました）小さくではありましたが、どの新聞にも彼の自殺の記事がのっていました。比較的詳しく報道した新聞には、遺《のこ》された行李の中に一冊の雑記帳があって、それに人見廣介という署名もあり、世をはかなむ辞世の文句が記《しる》されていたのと、恐らく飛び込む時に引かかったのであろう、舷の釘に彼の衣類《きもの》と覚しき絣の切れ端が、残されていたのとで、死人の身柄《みがら》なり自殺の動機なりが分明した由《よし》記されてありました。つまり彼の計画は、まんまと首尾よく成功したのであります。

幸《さいわい》なことには、彼には、この狂言自殺によって泣く程の身寄りもありませんでした。無論彼の郷里には、家兄《かけい》の家《うち》もあり（在学当時彼はその兄から学資を貰っていたのですが、近頃では兄の方から彼を見捨てて了った形でした）、二三の親族もあったのですから、それらの人が彼の不時の死を聞き知ったならば、多少は惜しみもし、歎《なげ》いても呉れることでしょうけれど、その程度のさし触《さわ》りは、元より覚悟の上でもあり、彼として別段心苦しい程のことでもないのです。

それよりも、彼は、この自分自身を抹殺して了ったあとの、何とも形容の出来ない、不思議な感じで夢中になっていました。彼は最早《もは》や、国家の戸籍面に席もなく、広い世界に唯《ただ》一人身寄りもなければ友達もなく、其上《そのうえ》名前さえ持たぬ所の、一個のストレンジャーなのでありました。そうなると、自分の左右前後に腰かけている乗客達も、窓から見える沿道の景色も、一本の木も、一軒の家も、まるでこれまでとは違った、別世界のものに感じられるのでした。それは一面、非常にすがすがしい、生れたばかりという気持でありましたが、又一面では、この世にたった一人という、しかもその一人ぽっちの男が、これから身に余る大事業を為しとげねばならないという、名状《めいじよう》し難《がた》き淋《さみ》しさで、はては、涙ぐましくさえなって来るのを、どうすることも出来ませんでした。

汽車は、併し、彼の感懐などには関係なく、駅から駅へと走り続け、やがて、夜に入って目的地のT市へと到着しました。前《さき》の人見廣介は、駅を出ると、その足で直《ただ》ちに菰田家の菩提寺《ぼだいじ》へと、急ぐのでした。幸い寺は市外の野中に建っていましたので、もう九時過ぎという、その時分には人通りもなく、寺の人達にさえ気をつけていれば、仕事を悟られる心配はありません。それに、附近には昔ながらのあけっ放しな百姓家《や》が点在していて、その納屋《なや》から鍬《くわ》を盗み出す便宜《べんぎ》もあるのです。

あぜ道に沿った、まばらな生垣《いけがき》をもぐり越すと、そこがもう問題の墓場でした。闇夜ではありましたが、その代りに星が冴えているのと、前に来て見当をつけて置いたのとで菰田源三郎の新墓《あらばか》を見つけ出すのは、何の造作もありませんでした。彼はそこから石塔の中を本堂に近づいて、とざされた雨戸の隙から中を窺《うかが》って見ましたが、ひっそりとして音もなく、辺鄙な場所の上に、朝の早い寺の人達は、もう寐て了った様子でした。

これなら大丈夫と見定めた上、彼は元のあぜ道にとって返し、附近の百姓家をあさり廻って、難なく一本の鍬を手に入れ、源三郎の墓地に戻って来た時分には、それが皆猫の様に跫音《あしおと》を盗み、闇の中で身を隠しての仕事だったものですから、非常に手間を取り、もう十一時近くになっていました。彼の計画に取っては丁度頃合いの時間なのです。

さて彼は、物凄い闇の墓場に、鍬をふるって、世にも恐るべき墓掘りの仕事を始めるのでありました。新墓のこととて、掘り返すのに造作はありませんが、その下に隠れているものを想像すると、数日来多少場数《ばかず》を踏み、貪慾《どんよく》に気の狂った彼とても、云い難き恐れの為に、戦慄を感じないではいられませんでした。が、何を思う暇もないのでした。十回も鍬を下《おろ》したかと思うと、もう棺《かん》の蓋が現れて了ったのです。

今更ら躊躇している場合ではありません。彼は満身の勇を振《ふる》って、その、闇にもほの白く見えている白木の板の上の、土を取りのけ、板と板との間に鍬の先をかって、一つうんと力を入れると、ギギ……と骨の髄に響く様な音を立てて、併し難なく蓋は開きました。その拍子《ひょうし》に、まわりの土が崩れて、サラサラと棺の底へ落ちるのさえ、何か生《しょう》あるものの仕業《しわざ》の様に感じられ、彼は命も縮む思いをしたことです。蓋を開くと同時に、名状し難き異臭が彼の鼻をつきました。死んでから七八日もたっているのですから、源三郎の死体は、もう腐り始めたのに相違ありません。彼は当の死体を見る前に、已に、先ずその異臭にたじろがないではいられませんでした。

墓場という様なものを、余り怖がらない彼は、それまで存外《ぞんがい》平気で仕事を続けることが出来たのですが、さて棺の蓋を取って、もう一つの彼といってもいい、菰田の死骸と顔を合せる際になると、始めて、何かこう、えたいの知れぬ影の様なものが、魂の底からじりじりと込み上げて来る感じで、ワッと云って、いきなり逃げ出し度《た》い程の恐怖に襲われました。それは決して、幽霊の怖さなどではなく、もっと異様な、どちらかと云えば現実的な、それ丈けでは到底云い尽せないのですけれど、例えば暗闇の大広間で、たった一人、蠟燭《ろうそく》の光で自分の顔を鏡にうつす時に似た、それの幾層倍も恐しい感じでありました。

沈黙の星空の下《もと》に、薄ぼんやりと沢山の人間が立っている様な石塔、そのまんなかに、ぽっかりと口を開《あ》いた、まっ黒な穴。薄気味の悪い地獄の絵巻物に似た、自からその画中の人になった気持です。そして、その穴の底の、一寸見た位では識別出来ぬ暗さの中に、横わっている死人は、外でもない彼自身なのでありました。この死人の顔を識別出来ぬという点が、一層恐しさを増すのでした。穴の底に、ボーッと白く経帷子《きょうかたびら》が見え、そこから生えている死人の首は、闇に溶け込んでいて、併し、それ故に、どんなに怖くも想像出来るのです。ひょっとしたら、偶然にも、彼の計画が讖《しん》をなして、菰田がまだ本当に死んでいず、彼が墓をあばいたばっかりに、生き返りつつあるのかも知れません。そんな馬鹿馬鹿しい事まで妄想されるのです。

彼は身内から込み上げて来る戦慄を、じっと圧《おさ》えつけながら、最早殆ど空《うつろ》の心で、穴の縁《ふち》に腹這《はらば》いになると、その底の方へ、両手をのばして、思い切って、死人の身体を探って見ました。最初触ったのは、髪を剃《そ》った頭部らしく、一面にザラザラと細《こまか》い毛が感じられました。皮膚を押して見ると、妙にブヨブヨしていて、少し強く当たれば、ズルリと皮が破れ相なのです。その無気味さにハッと手を引いて、暫く胸の鼓動を沈めてから、再び手を伸ばして、今度触ったのは、死人の口らしく、固い歯並びが感ぜられ、その歯と歯の間に咬《か》み合せてあるのは、恐らく綿なのでしょう、柔かくはあっても、腐りかかった皮膚のそれとは違うのです。彼は少し大胆になって、猶《なお》も口の辺《あたり》を探り廻っていますと、妙なことには、菰田の口は生前のそれの十倍もの大きさに開いていることが分りました。左右には、まるで般若《はんにゃ》の面の様に、奥歯がすっかり現われる程に裂け、上下には歯ぐきが感ぜられる程も開いています。決して暗闇故の錯覚ではないのです。

それが又、彼を心の髄から震い上らせました。何も、死人が彼の手を噛《か》むかも知れぬという様な、そんな恐れではありません。死人の肺臓が運動を停止してからも、口丈けで、呼吸をしようと、その辺の筋肉が極度に縮んで、唇《くちびる》を押し開き、生きた人間では迚《とて》も不可能な程大きな口にして了ったという、その断末魔《だんまつま》の世にも物凄い情景が、彼の目先にチラついたのです。

前《さき》の人見廣介は、これ丈けの経験で、最早や精も根《こん》も尽き果てた感じでした。この上に尚《なお》、そのズルズルに腐った死体を穴から取り出し、取り出す丈けではなくて、それを処分する為に、更に一層恐しい、大仕事をやりとげなければならぬと思うと、彼は自分の計画が無謀極《きわ》まるものであったことを、今更ながらつくづくと感じないではいられませんでした。

八

前《さき》の人見廣介が、仮令巨万の富に目がくれたとは云え、あの数々の激情を耐え忍ぶことが出来たのは、恐らく、彼も亦《また》凡ての犯罪人と同じ様に、一種の精神病者であって、脳髄《のうずい》のどこかに、故障があり、ある場合、ある事柄については、神経が麻痺《まひ》して了ったものに相違ありません。犯罪の恐怖がある水準を超えると、丁度耳に栓《せん》をした時の様に、ツーンとあらゆる物音が聞えなくなって、謂わば良心が聾になって了って、その代りには、悪に関する理智が、とぎすました剃刀《かみそり》の様に、異常に鋭くなり、まるで人間業ではなく、精密なる機械仕掛でもあるかと思われる程、どの様な微細な点も見逃すことなく、水の如《ごと》く冷静に、沈着に、思うままを行うことが出来るのでありました。

彼が今、菰田源三郎の腐りかかった死体に触れた刹那《せつな》、その恐怖が極点に達すると、都合よくも、又この不感状態が彼を襲ったのでした。彼はもう何の躊躇する所もなく、機械人形の様に無神経に、微塵《みじん》の手抜《てぬか》りもない正確さで、次々と彼の計画を実行して行きました。

彼は、持ち上げても持ち上げても、五本の指の間から、ズルズルとくずれ落ちて行く、菰田の死体を、一文菓子屋のお婆さんが、水の中から心太《ところてん》を持ち上げる様な気持で、なるべく死体を傷つけぬ様に注意しながら、やっと墓穴の外へ持ち出しました。でも、その仕事を終った時には、死体の薄皮が、まるでくらげ製の手袋の様に、ピッタリと彼の両の掌に密着して、振り落しても、振り落しても、容易に離れ様とはしないのです。平常《ふだん》の廣介であったら、それ丈けの恐怖で、もう十分万事を抛擲《ほうてき》して逃出したに相違ありません。が、彼は、さして驚く様子もなく、さて次の段取りにと取りかかるのでした。

彼は次には、この菰田の死体を、抹殺して了わねばならないのです。廣介自身を此世《このよ》から掻《か》き消して了うことは、比較的容易でありましたが、この一個の人間の死体を、絶対に人目にかからぬ様に始末することは、非常な難事に相違ありません。水に沈めた所で、土に埋《うず》めた所で、どうしたことで浮き上ったり、掘り出されたりしないものでもなく、若し源三郎の一本の骨でも人目にかかったなら、凡ての計画がオジャンになって了うばかりか、彼は恐しい罪名を着なければならないのです。随って、この点については、彼は最初の晩から、最も頭を悩まして、あれかこれかと考え抜いたのでありました。

そして結局彼の思いついた妙計というのは、難題の鍵はいつも最も手近な所にあるものです。菰田の隣の墓場へ、そこには多分菰田家の先祖の骨が眠っているのでしょうが、それを発掘して、そこへ菰田の死体を同居させることでした。そうして置けば、菰田家には、恐らく永久に、祖先の墓をあばく様な不孝者は生れないでしょうから、又仮令墓地の移転という様な事が起ったところで、その時分には、廣介は彼の夢を実現して、此上もない満足の中《うち》に世を去っているのでしょうし、そうでなくても、バラバラにくずれた骨が、一つの墓から二人分出て来たとて、誰れも知らない幾時代も前に葬《ほうむ》った仏のことです。それと廣介の悪計と、どう連絡をつけることが出来ましょう。と、彼は信じたのでした。

隣の墓を掘り返すことは、土が固《かたま》っていたので、少々骨が折れましたが、汗まみれになって、せっせと働く内には、どうやら骨らしいものを掘り当てることが出来ました。棺桶《かんおけ》なぞは無論、跡形《あとかた》もなく腐って、ただバラバラの白骨が、小さく固っているのが、星の光りではほの白く見えるばかりです。そんなになると、もう臭気とてもなく、生物の骨という感じをまるで失って、何か清浄な、白い鉱物みたいに思われるのでした。

あばかれた二つの墓と、一個の人間の腐肉を前にして、暗《やみ》の中で、彼は暫《しばら》く静止を続けました。精神を統一し、いやが上にも頭の働きを緻密にしようが為なのです。うっかりしてはいけない。どんな些細《ささい》な疎漏《そろう》もあってはならない。彼は頭を火の玉の様にして、暗の中のおぼろな物を眺め廻しました。

暫くすると、彼は少しの感動もなく、源三郎の死体から、白布の経帷子をはぎ取り、両手の指から三本の指環《ゆびわ》をひきちぎりました。そして、経帷子で指環を小さくくるみ、懐中にねじ込むと、足許《あしもと》にころがっている、素裸体《すっぱだか》の肉塊《にくかい》を、さも面倒臭《めんどうく》さ相に、手と足を使って、新しく掘った墓穴の中へ、落しこんだのです。それから、四這《よつんば》いになって、手の掌《ひら》でまんべんなくその辺の地面を触って歩き、どんな小さな証拠品も落ちていないことを確めると、鍬をとって、墓穴を元々通り埋め、墓石を立て、新しい土の上には、予《あらかじ》め取りのけて置いた草や苔《こけ》を、隙間なく並べるのでありました。

「これでよし、気の毒ながら菰田源三郎は、俺の身替りになって、永久にこの世から消去《きえさ》って了ったのだ。そして、ここにいる俺は、今こそ本当の菰田源三郎になり切ることが出来た。人見廣介は、最早どこを探してもいないのだ」

前の人見廣介は、昂然として星空を仰《あお》ぎました。彼には、その闇の丸天井と、銀粉の星屑が、おもちゃの様に、可愛らしく、何か小さな声で彼の前途を祝福しているかに思いなされるのでありました。

一つの墓があばかれて、その中の死体がなくなった。人々はこの事実丈けで、十分仰天するでありましょう。その上、そのすぐ隣のもう一つの墓があばかれたなどと、その様な御《お》手《て》軽《がる》な、大胆なトリックを弄《ろう》したものがあろうなどと、誰が、どうして想像するものですか。しかも、人々のその仰天の中へ、経帷子を着た菰田源三郎が現れようという訳です。すると、人々の注意は立所に墓場を離れて、彼自身の不思議な蘇生に集中されるでしょう。それからあとは、彼のお芝居の上手下手です。そして、そのお芝居については、彼に十二分の成算《せいさん》が立っているのでありました。

やがて、空は少しずつ青味を加え、星屑は徐々にその光を薄くし、鶏《にわとり》の声があちこちに聞え始めました。彼は、その薄明《うすあかり》の中で、出来る丈け手早く、菰田の墓を、さも死人が蘇《そ》生《せい》して、内部から棺を破って這い出した体《てい》にしつらえ、足跡を残さぬ様に注意しながら、元の生垣の隙間から、外の畦道《あぜみち》へと抜け出し、鍬の始末をして、元の変装姿のまま、町の方へと急ぐのでした。

九

それから一時間もすると、彼は、墓場から蘇生した男が、よろよろと自宅への道をたどり、三分一も歩かぬ内に息切れがして、道ばたに行き倒れた体を装って、とある森の茂みのかげに、土まみれの経帷子の姿を、横えて居りました。丁度一晩食わず飲まずで働き通したのですから、顔面にも適度の憔悴《しょうすい》が現れ、彼のお芝居を一層まことしやかに見せるのでした。

始めの計画では、死体を始末すると、すぐに経帷子に着換え、寺の庫裏《くり》にたどりついて、ホトホトとそこの雨戸を叩く予定だったのですが、死体を見ると、この地方の習慣と見え、あの古くさい剃髪《ていはつ》の儀式によって、頭も髭も綺麗《きれい》に剃られていたものですから、彼も亦同じ様に頭を丸めて置く必要があったのです。で、彼は町はずれの田舎めいた商家の中から金物屋を探し出して、一挺の剃刀を買い、森の中に隠れて、苦心をして、自ら髪を剃らなければなりませんでした。それは例の巧みな変装を解かない前ですから、理髪店に入ったところで滅多に疑われる筈はなかったのですけれど、早朝のことで、朝の遅い理髪店は、まだ店を開いていなかったのと、万一を慮《おもんぱか》る用心とから、剃刀を買うことにしたのでした。

そして、すっかり頭を剃り、経帷子と着換え、死人の手から抜取った指環をはめ、脱いだ衣類其他《そのた》を、森の奥の窪地《くぼち》で焼き捨て、その灰の始末をつけて了った時分には、もう太陽が高く昇って、森の外の街道には、絶えず、チラホラと人通りがして、今更ら隠れ家《かくが》を出て、寺に帰りもならず、止《や》むを得ず、見つけ出すのに骨の折れる様な、併し街道からは余り距《へだ》たらぬ、茂みの影に、気を失ったつもりで、横わっている外《ほか》はなかったのです。

街道に沿って小さな流れがあり、その流れに枝を浸す様にして、葉の細《こまか》い灌木《かんぼく》が密生し、そこからずっと森になって、脊《せ》の高い松や杉などが、まばらに生えているのです。彼は、往来から見えぬ様に用心しながら、その灌木の向う側に、身体をくっつける様にして、息を殺して横になっていました。そして、灌木の隙間から、街道を通る百姓達の足だけを眺めながら、気が落ちつくに随《したが》って、彼は又変てこな気持になって来るのでした。

「これですっかり計画通り運んだ訳だ。あとは誰かが俺を見つけ出してくれさえすればよいのだ。だが、たったこればかりのことで、海を泳いで、墓を掘って、頭を丸めた位のことで、あの数千万円の大身代《だいしんだい》が、果《はた》して俺のものになるのかしら、話があんまり甘《うま》すぎはしないか。ひょっとしたら、俺は飛んでもない道化役を勤めているのではないかな。世間の奴《やつ》らは、何もかも知っていて、態《わざ》と、面白半分にそ知らぬ振りをしているのではないかな」

かくして、ある激情的な場合には、まるで麻痺して了う所の、常人の神経が、少しずつ彼に甦《よみがえ》って来ました。そして、その不安は、やがて、百姓の子供達が、彼の狂人じみた経帷子姿を発見して、騒ぎ立てるに及んで、一層はげしいものになったのです。

「オイ、見てみい、何やら寝てるぜ」

彼等の遊び場所になっている、森の中へ這入《はい》ろうとして、四五人連れの一人が、ふと彼の白い姿を発見すると、驚いて一歩下って、囁《ささや》き声で、外《ほか》の子供達に云うのでした。

「なんじゃ、あれ。狂人か」

「死人《しびと》や、死人や」

「側《そば》へ行って、見たろ」

「見たろ、見たろ」

田舎縞《いなかじま》の縞目も分らぬ程に、汚《よご》れて黒光りに光った、ツンツルテンの着物を着た、十歳前後の腕白共《わんぱくども》が、口々に囁き交して、おずおずと、彼の方へ近づいて来ました。

青鼻汁《あおばな》をズルズル云わせた、百姓面《づら》の小せがれ共に、まるで、何か珍しい見せ物でもある様に覗きこまれた時、その世にも滑稽な景色を想像すると、彼は一層不安にも、腹立たしくもなるのでした。「愈々俺は道化役者だ。まさか最初の発見者が百姓の小せがれだろうとは思っても見なかった。これで散々《さんざん》こいつらのおもちゃになって、珍妙な恥さらしを演じて、それでおしまいか」彼は殆ど絶望を感じないではいられませんでした。

でも、まさか、立上って、子供達を叱《しか》りつける訳にも行かず、相手が何人《なんぴと》であろうとも、彼はやっぱり、失神者を装っている外《ほか》はないのです。で、段々大胆になった子供達が、しまいには、彼の身体に触りさえするのを、じっと辛抱《しんぼう》していなければなりません。余りの馬鹿馬鹿しさに、一切がっさいオジャンにして、いきなり立上って、ゲラゲラと笑い出したい感じでした。

「オイ、父《とう》つぁんに云うてこ」

その内に、一人の子供が息をはずませて囁きました。すると、外の子供達も、

「そうしよ、そうしよ」

とつぶやいて、バタバタとどこかへ駆け出して了いました。彼等は銘々の親達に、不思議な行倒《ゆきだお》れ人のことを報告しに行ったのです。

間もなく、街道の方から、ガヤガヤと人声が聞えて、数名の百姓が駆けつけ、口々に勝手なことをわめきながら、彼を抱き上げて介抱《かいほう》し始めました。噂を聞きつけて、段々に人

が集り、彼のまわりを黒山の様に取囲んで、騒ぎは段々大きくなるのです。

「ア、菰田の旦那《だんな》やないか」

やがて、その中に、源三郎を見知っているものがあったと見え、大声に叫ぶのが聞えました。

「そうや、そうや」

二三の声がそれに応じました。すると、多勢《おおぜい》の中には、もう菰田家の墓地の変事を聞知っているものもあって、「菰田の旦那が墓場から甦った」というどよめきが、一大奇蹟として、田舎人の口から口へと、伝《つた》わって行くのでありました。

菰田家といえば、T市の附近では、いやM県全体に亙って、所の自慢になっている程の、県下随一の大資産家です。その当主が一度葬られて、十日もたってから、棺桶を破って生返って来たとあっては、彼等にとっては、驚倒的な一大事変に相違ありません。T市の菰田家に急を知らせるもの、お寺に走るもの、医者に駆けつけるもの、野らも何もうっちゃらかして、殆ど村人総出の騒ぎなのです。

前《さき》の人見廣介は、やっと彼の仕事の反応を見ることが出来ました。この分なれば、彼の計画は満更夢《まんざらゆめ》に終ることもないようです。そこで、彼は愈々、得意のお芝居を演じる時が来たのでした。彼は衆人環視《しゅうじんかんし》の中で、さも今気がついたという風に、先ずパッチリと眼を開いて見せました。そして、何が何だか訳が分らぬという面持《おももち》で、ぼんやりと人々の顔を見廻すのでした。

「ア、お気がついた。旦那さん、お気がつきましたか」

それを見ると、彼を抱いていた男が、彼の耳の側へ口を持って来て、大声に怒鳴《どな》りました。それと同時に、無数の顔の壁が、ドッと彼の上に倒れかかって、百姓達の臭い息が、ムッと鼻をつくのです。そして、そこに光っている夥《おびただ》しい眼の中には、どれもこれも、朴《ぼく》訥《とつ》な誠意があふれて、微塵でも、彼の正体を疑うものはありません。

が、廣介は、相手の如何《いかん》に拘らず、予め考えて置いた、お芝居の順序を換えようとはせず、ただ黙って、人々の顔を眺める仕草《しぐさ》の外には何の動作も、一言《いちごん》の言葉も発しないのでした。そうして、凡ての見極めをつけるまでは、意識の朦朧《もうろう》を装って、口を利く危険をさけようとしたのです。

それから、彼が菰田家の奥座敷へ運び込まれるまでのいきさつは、くだくだしくなりますから、省くことにしますが、町からは菰田家の総支配人其他の召使、医者などをのせた自動車が駆けつけ、菩提寺からは和尚《おしょう》や寺男が、警察からは、署長を始め二三の警官が、その他急を聞いた菰田家縁故の人々は、まるで火事見舞かなんぞの様に、次から次へと、この町はずれの森を目がけて集まって来る始末でした。附近一帯は、戦争の騒ぎで、これを見ても、菰田家の名望、勢力の偉大なことが、十分に察せられるのでありました。

彼は、それらの人々に擁《よう》せられて、今は彼自身の家《うち》であるところの、菰田邸につれて行かれる間、それから、そこの主人の居間の、彼が嘗て見たこともない様な立派な夜具の中に横《よこたわ》ってからも、最初の計画を確《かた》く守って、唖者《あしゃ》の如く口をつぐんだまま、遂に一言も物を云おうとはしませんでした。

十

彼のこの無言の行《ぎょう》は、それから約一週間というもの、執拗《しつよう》に続けられました。その間《あいだ》に、彼は床《とこ》の中から、耳をそばだて、目を光らせて、菰田家の一切の仕来《しきた》り、人々の気風、邸内の空気を理解し、それに彼自身を同化させることを努めたのです。外見は半ば意識を失った、半死半生の病人として、身動きもせず床の中に横わりながら、彼の頭丈けは、妙な例ですけれど、五十哩《マイル》の速力で疾駆《しっく》する自動車の運転手の様に、機敏に、迅速に、しかも正確に、火花を散らして廻転していました。

医師の診断は、大体彼の予期していた様なものでありました。それは菰田家御出入《おでいり》の、T市でも有数の名医だということでしたが、彼は、この不可思議なる蘇生を、カタレプシという曖昧《あいまい》な術語によって、解決しようとしました。彼は死の断定が如何に困難なものであるかを、様々の実例を挙げて説明し、彼の死亡診断が決して粗漏《そろう》でなかったことを弁明しました。

彼は、眼鏡越しに、廣介の枕頭《ちんとう》に並んだ親族達を見廻して、癲癇とカタレプシの関係、それと仮死の関係等を、むずかしい術語を使って、くどくどと説明するのでした。親族達はそれを聞いて、よく分らないなりに、満足していた様です。本人が生返ったのですから、仮令その説明が不十分であろうとも、別段文句を云う筋はないのでした。

医師は不安と好奇心の入混った表情で、丁寧に廣介の身体を検べました。そして、何もかも分った様な顔をして、その実うまうまと廣介の術中に陥っていたのです。此場合《このばあい》、医師は彼自身の誤診ということで、心が一杯になり、それの弁明にのみ気をとられて、患者の身体に多少の変化を認めても、それを深く考えている余裕はないのでした。又仮令彼が廣介を疑うことが出来たとしても、それが源三郎の替玉であろうなどと、その様な途方もない考が、どうして浮びましょう。一度死んだものが蘇生する程の大変事が起ったのですから、その蘇生者の身体に何かの変化が見えた所で、さして不思議がることはない。と、専門家にした所で、そんな風に考えるのは、決して無理ではないのです。

死因が発作的の癲癇（医者はそれをカタレプシと名附けたのですが）だものですから、内臓にはこれという故障もなく、衰弱といっても知れたもので、食事なども、ただ栄養《えいよう》に注意すればそれでよいのでした。随って廣介の仮病は、精神の朦朧を装い、口をつぐんでいる外には、何の苦痛もなく、極めて楽なものでありました。それにも拘らず、家人の看《こ》病は、実に至れり尽せりで、医師は毎日二度ずつ見舞いに来ますし、二人の看護婦と、小間使《まづかい》とは枕頭につき切りですし、角田《つのだ》という総支配人の老人や、親族達はひっ切りなしに様子を見にやって来ます。それらの人が、皆声をひそめ、跫音を盗んで、さも心配相にふるまっているのが、廣介にしては、馬鹿馬鹿しく、滑稽《こっけい》に見えて仕様がないのです。彼は、これまでしかつめらしく考えていた世の中というものが、まるでたわいのない、子供のままごと遊びに類似したものであることを痛感しないではいられませんでした。自分丈けが非常に偉く見えて、外の菰田家の人達は、虫けらの様に下らなく、小さなものに思われるのでした。「ナアンだ、こんなものか」それは寧ろ失望に近い感じでした。彼は、この経験によって、古来の英雄とか、大犯罪者などの、思い上った心持を、想像することが出来た様に思いました。

併し、その中にも、たった一人、多少薄気味が悪く、苦手とでもいうのでしょうか、何となく彼を不安にする人物があったのです。それは、外でもない、彼自身の細君、正しく云えば亡き菰田源三郎の未亡人でありました。名前は千代子《ちよこ》といって、まだ二十二歳の謂わば小娘に過ぎないのですけれど、色々な理由から、彼はその女を恐れないではいられないのでした。

菰田の夫人が、まだ若くて美しい人だことは、以前にもT市へやって来て、一応は知っていたのですが、それが、毎日見ているに従って、俗に近《ちか》まさりと云う、あの型に属する女と見え、段々その魅力が増して来るのです。当然彼女は一番熱心な看病人でしたが、その痒《かゆ》い所へ手のとどく看護振りから、亡き源三郎と彼女との間が、どの様に濃《こま》やかな愛情を以《もっ》て結びつけられていたのかを十分推察することが出来るのです。それ丈けに、廣介としては、一種異様の不安を感じないではいられません。「この女に気をゆるしてはならない。恐らく、俺の事業に取って、最大の敵はこの女に相違ない」彼は、ある刹那には歯を食いしばる様にして、自分自身を戒《いまし》めなければならなかったのです。

廣介は、源三郎としての彼女との初対面の光景を、其後《そのご》長い間忘れることが出来ませんでした。経帷子姿の彼をのせた自動車が、菰田家の門前につくと、千代子は誰かに止められてでもいたのでしょう、門から外へはよう出ずに、余りの椿事《ちんじ》に、寧ろ顚倒《てんどう》して了って、歯の根も合わずワクワクしながら、門内の長い敷石道を、やっぱり青くなった小間使達と一緒に、ウロウロと歩き廻っていたのですが、自動車の上の廣介を一目見ると、何故か一瞬間ハッと驚愕《きょうがく》の表情を示し、(彼はそれを見て、どの様に胆《きも》を冷したことでしょう)それから、子供の様な泣顔になって、自動車が玄関につく迄《まで》の間を、無様《ぶざま》な恰好で、車の扉によりかかって、引ずられる様に走ったのです。

そして、彼の身体が、玄関に担《かつ》ぎ卸《おろ》されるのを待兼ねて、その上にすがりつき、長い間、親戚の人達が見兼ねて、彼女を彼の身体から引離したまで、身動きもせずに泣いていました。その間、彼はぼんやりした表情を装って、睫毛《まつげ》を一本一本算《かぞ》えることが出来る程も、目の前に迫った彼女の顔を、その睫毛が涙にふくらみ、熟し切らぬ桃の様に青ざめた、白い生毛《うぶげ》の光る頰の上を、涙の川が乱れて、そして、薄桃色の滑《なめら》かな唇が、笑う様に歪《ゆが》むのを、じっと見ていなければなりませんでした。それればかりではありません。彼女のあらわな二の腕が、彼の肩にかかり、脈打つ胸の丘陵《きゆうりよう》が、彼の胸を暖め、個性的なほのかなる香気までも、彼の鼻をくすぐるのでした。その時の、世にも異様な心持を、彼は永久に忘れることが出来ません。

十一

廣介の千代子に対する、名状することの出来ない、一種の恐怖は、日をふるにつれて深まって行きました。

彼が床につき切りでいた、一週間の内にも、恐るべき危機は、幾度となく彼を襲ったのです。例えば、それはある真夜中のことでしたが、廣介が、悩ましい悪夢にうなされて、ふと目を開きますと、悪夢の主は、次の間《つぎま》に寝ていたのが、いつ彼の部屋へ入って来たのか、艶《なまめ》かしき寝乱髪《ねみだれがみ》を、彼の胸にのせて、つつましやかなすすり泣きを、続けているのでありました。

「千代子、千代子、何もそんなに心配することはないのだよ。私はこの通り、身も心もすこやかな、今まで通りの源三郎なのだ。さあ、さあ泣くのをよして、いつもの可愛い笑い顔を見せておくれ」

彼は、ふとそんなことを口走り相になるのを、やっとの思いで食いしめて、そしらぬ振りで、狸寐入《たぬきねい》りをしていなければならぬのです。この様な不思議な立場は、流石の廣介も、嘗《かつ》て予期しない所でした。

それは兎も角、彼は予定の筋書きに従って、四五日目頃から、極めて巧みなお芝居によって、少しずつ、口を利き始め、激動の為に一時麻痺していた神経が、徐々に目覚めて来る有様を、ごく自然に演じて行きました。その方法は、数日の間床の中にいて、見たり聞いたりしたこと、又はそれから類推し得た所丈けを、やっと思い出した体《てい》に装って、その外の、まだ探り得ない多くの点には態と触れない様にし、相手がそれを話し出すと、顔をしかめて、どうも思い出せないという風をして見せるのです。彼はこのお芝居を自然らしくする為に、予め数日の間、苦しい思いをして口をつぐんでいたのですが、それが図に当って、仮令分り切ったことを胴忘《どうわす》れしていても、或は話がとんちんかんになっても、人は少しも疑わず、却って彼の不幸な精神状態を、憐《あわれ》んで呉れる始末でした。

彼はそうして、偽阿房《にせあほう》を装いながら、失敗する度に何かしら覚込《おぼえこ》む方法によって、瞬《また》く内に、菰田家内外の、種々《さまざま》の関係に通暁《つうぎょう》することが出来ました。そこで、これなれば先ず大丈夫という、医師の折紙がついて、丁度彼が菰田家に入ってから半月目には、もう盛大な床《とこ》上げのお祝いが開かれることになったのです。その酒宴の席でも、彼は、そこに集った親族、菰田家に属する各種事業の主脳者、総支配人を始めおもだった雇人などの、気をゆるした雑談の裏《うち》から、夥しい知識を得《う》ることが出来たのですが、さて、そのお祝いの翌日から、彼は愈々《いよいよ》、彼の大理想の実現に向って、その第一歩を踏み出す決心をしたのでした。

「私もまあ、どうやら元の身体になることが出来た様だ。ついては、少し思う仔細もあるので、此際《このさい》私の配下に属する色々な事業や、私の田地《でんち》、私の漁場などを、一巡して見たいと思う。そして、私のぼやけた記憶をハッキリさせ、その上で、菰田家の財政について、もう少し組織立った計画を立てて見ようと思うのだ。どうか、一つその手配をしてくれ給《たま》え」

彼は早朝から、総支配人の角田を呼び出して、この様な意嚮《いこう》を伝えました。そして、即日、角田と二三の小者を従えて、県下一円に散在する、彼の領地へと旅立つのでした。角田老人は、これまではどちらかと云えば、引込み思案であった主人の、この積極的なやり口に、目を丸くして驚きました。そして、一応は、身体に触るといけないからといって、いさめたのですけれど、廣介の一喝《いっかつ》にあって、たちまち一《ひと》すくみになり、唯々《いい》として主命に服する外はありませんでした。

彼の視察旅行は、大急ぎで廻り歩いたのですけれど、それでもたっぷり一月を費しました。その一月の間に、彼は彼の所有に属する、涯知《はてし》れぬ田野、人も通わぬ密林、広大なる漁場、製材工場、鰹節《かつおぶし》工場、各種の鑵詰《かんづめ》工場、其他半ば菰田家の投資になる様々の事業を巡視して、今更らながら、彼自身の大身代に一驚《いっきょう》を喫《きっ》しないではいられませんでした。

彼がこの旅行によって、何を観察し、何を感じたか、その詳しいことは、一々ここに記す暇を持ちませんが、兎も角、彼の所有財産は、嘗て角田老人が見せて呉れた、帳簿面の評価額通り、いやそれ以上にも、充実したものであることを、十分確めることが出来たのでした。

彼は行く先々で、下へも置かぬ款待《かんたい》を受けながら、それらの不動産なり、営利事業なりを、どうすれば、最も有利に処分し、換金することが出来るか、その処分の順序は、どれを先きにし、どれを後にすれば、最も世間の注意を惹かないで済むかとか、どの工場の支配人は手強《てご》わ相だとか、どの山林の管理人は少し低脳らしいとか、だからあの工場よりはこの山林の方を先に手離すことにしようとか、附近にそれの売りに出るのを待っている様な、山林経営者はないだろうかとか、其様《そのよう》な点について、彼は様々に心をくだくのでありました。それと同時に、彼は旅の道連れの心安さを幸いに、角田老人と仲好《なかよ》しになることに全力を傾け、遂には、財産処分の相談相手とまで、彼の心を柔げることに成功したのでありました。

そうして旅を続けている内に、廣介はいつとはなく、何の作為を加えずとも、生れつきの千万長者、菰田源三郎になり切って行くのでした。彼の事業の管理者達は、一も二もなく、彼の前に叩頭《こうとう》して、疑いのけぶりさえ見せませんし、地方地方の縁故のもの、旅館などでは、まるで殿様を迎える騒ぎで、彼の顔を見つめる様な、無躾《ぶしつけ》なものは一人もありませんし、それに時々は、亡き源三郎の顔馴染《かおなじみ》の芸妓《げいしゃ》などから、「お久し振りでございますわね」などと、肩を叩かれたりしますと、彼はもう益々大胆になって、大胆になればなる程、お芝居が板について、今では、正体を見現《みあらわ》されはしないかという心配などは、殆ど忘れた形で、彼が嘗て、人見廣介と名のる貧乏書生であったことは、その方が却て嘘の様な気さえするのでありました。

この驚くべき境遇の変化は、彼を無上《むじょう》に嬉しがらせたことは申すまでもありませんが、その感じは、嬉しいというよりは、一《いっ》そ馬鹿馬鹿しく、馬鹿馬鹿しいというよりは、何となく胸がからっぽになった様な、雲に乗って飛んでいる様な、夢を見ている様な、一方では限りなき焦燥《しょうそう》を感じながら、一方では落付《おちつ》きはらっている様な、何とも形容の出来ない心持でありました。

こうして、彼の計画は着々として進むのでしたが、悪魔は、彼の予期し防備していた側には現れないで、その裏の、流石の彼もそこまでは考えていなかった方面に、おぼろな姿を段々はっきりさせながら、じりじりと、彼の心に喰入って来るのでありました。

十二

あらゆる款待の内に、満悦の旅を続けながらも、廣介は、ともすれば、恐れと懐《なつか》しさの入混った感情で、邸に残した千代子の姿を、心に思い描くのでした。あの泣きぬれた生毛《うぶげ》の魅力が、悩ましくも、彼の心を捉え、私《ひそ》かに覚えた、彼女の二の腕のほのかなる感触が、夜毎の夢となって、彼の魂を戦《おのの》かせるのでありました。

千代子は源三郎の女房であって見れば、彼女を愛するのは、今や源三郎となった廣介にとって当然の事でもあり、彼女の方でも、無論それを求めているのでしょうが、その様に易々《やすやす》と叶《かな》う願いである丈けに、廣介にとっては、一層苦しく悩ましく、一夜の後《のち》にどの様な恐しい破綻《はたん》が起ろうとも、身も心も、彼の終生の夢さえも、彼女の前に抛《な》げ出して、いっそそのまま死のうかと、そんな無分別な考えを抱く様にもなるのでした。

でも、彼の最初からの計画によれば、まさか千代子の魅力が、これ程悩ましく彼の心に食入ろうとは、想像もしていなかったものですから、万一の危険を慮って、千代子は名前丈けの妻にして、なるべく彼の身辺から遠ざけて置く予定だったのです。それは、彼の顔や姿や声音《こわね》などが、どの様に源三郎に生写《いきうつ》しであろうとも、それで以って、源三郎昵懇《じっこん》の人々を欺《あざむ》きおおせようとも、舞台の衣裳を脱ぎ捨てて扮装を解いた閨房《けいぼう》に於《お》いて、赤裸々《せきらら》の彼の姿を、亡き源三郎の妻の前に曝《さら》すのは、どう考え直しても、余りに無謀なことだからです。千代子は、きっと源三郎のどんな小さな癖も、身体の隅々の特徴も、掌を指す様に知り尽していることでしょう。随って、廣介の身体のどこかの隅に、少しでも源三郎と違った部分があったなら、立所に彼の仮面ははがれ、それが因《もと》になって、遂には彼の陰謀がすっかり曝露《ばくろ》しないものでもないのです。

「お前は、それがどれ程優れた女であろうと、たった一人の千代子の為に、お前の年来抱いていた大きな理想を捨てて了うことが出来るのか。若しその理想を実現することが出来たなら、そこには、一婦人の魅力などとは、比べものにもならぬ程、強く烈《はげ》しい陶酔《とうすい》の世界が、お前を待受けているのではないか。まあ考えて見るがいい。お前が日頃幻《まぼろし》に描いている、理想郷の、たった一部分丈けでも思出《おもいだ》して見るがいい。それに比べては、一人と一人の人間界の恋などは、余りに小さな取るにも足らぬ望みではないか。眼先《めさき》の迷いに駆られて、折角の苦労を水の泡にしてはいけない。お前の慾望はもっともっと大きかった筈ではないのか」

　彼はそうして、現実と夢との境に立って、夢を捨てることは勿論出来ないけれど、といって、現実の誘惑は余りに力強く、二重三重のディレンマに陥《おちい》り、人知れぬ苦悶《くもん》を味わねばなりませんでした。

　が、結局は、半生の夢の魅力と、犯罪発覚の恐怖とが、千代子を断念させないでは置かなかったのです。そして、その悲しみをまぎらす為に、千代子の物淋しげな、憂い顔を、彼の脳裏からかき消す為に、それが本来の目的でもあるかの如く、彼はひたすら、彼の事業に没頭するのでありました。

巡視から帰ると、彼は先ず最も目立たぬ株券の類を、私《ひそ》かに処分せしめて、それを以て理想郷建設の準備に着手しました。新しく傭《やと》い入れた画家、彫刻家、建築技師、土木技師、造園家などが、日々彼の邸につめかけ、彼の指図に従って、世にも不思議な設計の仕事が始められました。それと同時に一方では、夥しい樹木、花卉《かき》、石材、ガラス板、セメント、鉄材等《など》の註文書が、或は註文の使者が、遠くは南洋の方までも送られ、夥多《あまた》の土方、大工、植木職などが続々として各地から召集されました。その中には、少数の電気職工だとか、潜水夫だとか、舟大工なども混っていたのです。

不思議なことは、その頃から、彼の邸に小間使とも女中ともつかぬ若い女共が、日毎に新しく傭入れられ、暫くすると、彼女等《ら》の部屋にも困る程に、その数《すう》を増して行くのでした。

理想郷建設の場所は、幾度とない模様替えの後、結局、S郡の南端に孤立する沖の島と決定され、それと同時に、設計事務所は、沖の島の上に建てられた急造のバラックへと移転し、技術者を始め、職人、土工、それにえたいの知れぬ女達も、皆島へ島へと移されました。やがて、註文の諸材料が次々と到着するに従って、島の上には、愈々異様なる大工事が始まったのです。

菰田家の親族を始め、各種事業の主脳者達は、この暴挙を見て黙っている筈はありません。事業が進捗《しんちょく》するに従って、廣介の応接間には、設計の仕事にたずさわる技術者達に立混って、毎日の様に、それらの人々が詰めかけ、声を荒らだて、廣介の無謀を責め、えたいの知れぬ土木事業の中止を求めるのでありました。が、それは廣介がこの計画を思い立つ最初に於て、已《すで》に予期していた所なのです。彼はその為には、菰田家の全財産の半ばを抛《なげう》つ覚悟を極《き》めていたのでした。親族といっても皆菰田家よりは目下のものばかりで、財産なども格段の相違があるのですから、止むを得ない場合には、惜しげもなく巨額の富を別《わ》け与えることによって、訳もなく彼等の口を緘《かん》することが出来たのです。

そして、あらゆる意味で戦闘の一年間が過ぎ去りました。その間に、廣介がどの様な辛《しん》苦《く》をなめたか、幾度事業を投げ出そうとしては、からくも思い止ったか、彼と妻の千代子の関係が如何に救い難き状態に陥ったか、それらの点は物語の速度を早める上から、凡て読者諸君の想像に任せて、之《これ》を要するに、凡ての危機を救ってくれたものは、菰田家に蓄積された無尽蔵の富の力であった。金力の前には、不可能の文字がなかったのだということを申上げるに止めて置きましょう。

十三

併しながら、あらゆる難関を切抜けて凡ての人々を緘黙《かんもく》せしめた所の、菰田家の巨万の富も、ただ一人、千代子の愛情の前には、何の力をも持ちませんでした。仮令彼女の里方は廣介の常套《じょうとう》手段によって、懐柔《かいじゅう》せられたとしても、彼女自身の遣《や》り場《ば》のない悲しみは、どう慰めようすべもないのでありました。

彼女は、蘇生以来の、夫の気質の不思議な変り方を、この謎の様な事実を、解くすべもなくて、ただ告げる人もない悲しみを、じっとこらえている外はありませんでした。夫の暴挙によって、菰田家の財政が危殆《きたい》に瀕《ひん》していることも、無論気がかりでありましたけれど、彼女にしては、そんな物質上の事柄よりは、ただもう、彼女から離れて了った夫の愛情を、どうすれば取戻すことが出来るか、何故なれば、あの出来事を境にして、それまではあれ程烈しかった夫の愛情が、突然、人の変った様にさめ切って了ったのであろう。と、それのみを、夜となく昼となく思い続けるのでありました。

「あの方が、私を御覧なさる目の中には、ぞっとする様な光が感じられる。けれど、あれは決して私をお憎しみになっている目ではない。それどころか、私はあの目の中に、これまではついぞ見なかった、初恋の様に純粋な愛情をさえ感じることが出来るのだ。だのに、それとは全くあべこべな、私に対するあのつれない仕向けは、一体全体どうしたというのだろう。それは、あんな恐しい出来事があったのだから、気質にしろ、体質にしろ、以前と違って了ったとて、少しも怪しむ所はないのだけれど、此頃の様に、私の顔さえ見れば、まるで恐しい者が近づいて来でもした様に、逃げよう逃げようとなさるのは、全く不思議に思わないではいられぬ。そんなに私をお嫌いなら、一思いに離別なすって下さればよいものを、そうはなさらないで、荒い言葉さえおかけなさらず、どんなにお隠し遊ばしても、目丈けは、いつでも、私の方へ飛びついて来る様に、不思議な執着を見せていらっしゃるのだもの、ああ、私はどうすればいいのだろう」

廣介の立場もさることながら、彼女の立場も亦、実に異様なものと云わねばなりませんでした。それに、廣介の方には、事業という大きな慰藉《いしゃ》があって、毎日多くの時間をその方に没頭していればよいのでしたが、千代子にはそんなものはなくて、却って、里方から、夫の行蹟《ぎょうせき》について、なんのかのと妻としての彼女の無力を責めて来る、それ丈けでも十分うんざりさせられる上に、彼女を慰めて呉れるものと云っては、里方から伴って来た年よった婆《ばあ》やの外には、夫の事業も、夫自身さえも、まるで彼女とは没交渉で、その淋しさ、やるせなさは、何に比べるものもないのでした。

廣介には、云うまでもなく、この千代子の悲しみが、分り過ぎる程分っていました。多くは、沖の島の事務所に寝泊りをするのですが、時たま邸に帰っても、妙に距《へだ》てを作って、打ちとけて話合うでもなく、夜なども、殊更《ことさ》ら部屋を別にして寝《やす》む様な有様でした。すると、大抵の夜は隣の部屋から、千代子の絶え入る様な忍び泣きの気勢《けはい》がして、でも、それを慰める言葉もなく、彼も亦、泣き出したい気持になるのがお極りなのです。

仮令陰謀の暴露を恐れたからとは云え、この世にも不自然な状態が、やがて一年近くも続いたのは、誠に不思議と云わねばなりません。が、この一年が、彼等にとっての最大限でありました。やがて、ふとしたきっかけから、彼等の間に、不幸なる破綻の日がやって来たのです。

その日は、沖の島の工事が、殆ど完成して、土木、造園の方の仕事が一段落をつげたというので、おもだった関係者が菰田邸に集り、一寸した酒宴を催《もよお》したのですが、廣介は、愈々彼の望みを達する日が近づいたというので、有頂天にはしゃぎ廻り、若い技術者達もそれに調子を合せて騒いだものですから、お開きになったのはもう十二時を過ぎていました。町の芸者や半玉《はんぎょく》なども数名座に侍《はべ》ったのですが、彼女等もそれぞれ引取って了い、客は菰田邸に泊るものもあれば、それから又どこかへ姿を隠すものもあり、座敷は引汐《ひきしお》の跡の様で、杯盤《はいばん》の乱れた中に一人酔いつぶれていたのが廣介、そして、それを介抱したのが彼の妻の千代子だったのです。

その翌朝、意外にも、七時頃にもう起き出《い》でた廣介は、ある甘美なる追憶と、併し名状すべからざる悔恨《かいこん》とに、胸をとどろかせながら、幾度も躊躇したのち、跫音を盗む様にして千代子の居間へ入ったのでした。そして、そこに、青ざめて身動きもせず坐ったまま、唇をかんで、じっと空《くう》を見つめている、まるで人が違ったかと思われる、千代子の姿を発見したのです。

「千代、どうしたのだ」

彼は内心では、殆ど絶望しながら、表面は、さあらぬ体《てい》で、こう言葉をかけました。併し、半ば彼が予期していた通り、彼女は相変らず空を見つめたまま、返事をしようともせぬのです。

「千代……」

彼は再び、呼びかけようとして、ふと口をつぐみました。千代子の射《い》る様な視線にぶつかったからです。彼は、その目を見ただけで、もう何もかも分りました。果して、彼の身体には、亡き源三郎と違った、何かの特徴があったのです。それを千代子は昨夜発見したのです。

ある瞬間彼女がハッと彼から身を引いて、身体を堅くしたまま、死んだ様に身動きをしなくなったのを、彼はおぼろげに記憶していました。その時彼女はあることを悟ったのです。そして、今朝からも、彼女はあの様に青ざめて、その恐しい疑惑を段々ハッキリと意識していたのです。彼は最初から、彼女をどんなに警戒していたでしょう。一年の長い月日、燃ゆる思いをじっと嚙《か》み殺して、辛抱しつづけていたのは、皆この様な破綻を避けたいばかりではなかったのですか。それが、たった一夜の油断から、とうとう取返しのつかぬ失策を仕出かして了うとは。もう駄目です。彼女の疑惑はこの先、徐々に深まろうとも決して解けることはないでしょう。それを彼女が彼女一人の胸に秘めていて呉れるなら、さして恐しいこともないのですが、どうして彼女が、謂わば真実《ほんとう》の夫の敵《かたき》、菰田家の横領者を、このままに見逃して置くものですか。やがては、このことが其筋《そのすじ》の耳に入るでしょう。そして、腕利きの探偵によって、それからそれへと調べの手を伸ばされたなら、いつかは真相が暴露するのは、極り切ったことなのです。

「いくら酒に酔っていたからと云って、お前は何という取返しのつかぬことをして了ったのだ。この処置をどうつけようというのだ」

廣介は悔《くや》んでも悔んでも悔み足りない思いでした。

そうして、彼等夫妻は、千代子の部屋に相対したまま、双方とも一ことも口を利かず、長い間睨《にら》み合っていましたが、遂に千代子は恐れに耐えぬものの如く、

「済みませんが、わたくし、ひどく気分が悪うございます。どうか、このまま一人ぼっちにして置いて下さいまし」

やっとこれ丈けのことを云うと、いきなりその場へ突俯《つっぷ》して了うのでした。

廣介が、千代子殺害の決心をしたのは、そのことがあってから、丁度四日目でありました。

十四

千代子は一時はあれ程までも彼に敵意を抱きましたが、よくよく考え直せば、仮令どの様な確証を見たからと云って、それなれば、あの方が源三郎でないとしたら、一体全体この世の中に、あんなにもよく似た人間があり得るのでしょうか。それは、広い日本を探し廻れば、全く同じ顔形の人がいないとは限りませんけれど、そんな瓜二つの人が仮りにいたところで、その人が丁度源三郎の墓場から甦ってくるなんて、まるで手品か魔法の様な、器用な真似が出来るとも思われません。「これは、ひょっとしたら、私の恥しい思い違いではないかしら」と考えると、あの様なはしたないそぶりを見せたことが、夫に対して申《もうし》訳《わけ》ない様にも思われて来るのです。

併し、又一方では、蘇生以来、夫の気質の激変、沖の島のえたいの知れぬ大工事、彼女に対する不思議な隔意《かくい》、そして、あののっぴきならぬ確かな証拠と並べ立てて考えますと、やっぱりどこやら疑わしく、これは、一人でくよくよしていないで、一《いっ》そのこと誰かにすっかり打開《うちあ》けて、相談して見た方がよくはないかしら、などとも思われるのでありました。

廣介は、あの夜以来、心配の余り、病気と称して邸に引籠《ひきこも》ったまま、島の工事場へも行かず、それとなく、千代子の一挙一動を監視して、彼女の心の動きをば、大体見てとることが出来ました。そして、この調子なればと一安心はしたものの、併し、そののちというものは、彼の身の廻りのこと一切を、小間使にまかせて、彼女は一度も彼の側《そば》によろうとせず、ろくろく口も利かない有様を見ますと、やっぱり油断がならず、どうかした調子で、あの秘密が外部に洩れたなら、いやいや、仮令外部には洩れずとも、そういう間にも、邸内の召使などに知れ渡っているかも知れたものではない、と思うと、愈々気が気でなく、四日の間躊躇に躊躇を重ねた上、彼は遂に、彼女を殺害することに心を極めたのでありました。

さて、その日の午後、彼は千代子を彼の部屋に呼びよせて、さも何気ない風を装いながら、こんな風に切り出すのでした。

「身体の工合《ぐあい》もいい様だから、私はこれから又島へ出掛け様と思うが、今度はすっかり工事が出来上って了うまで帰れまいと思う。で、その間、お前にもあちらへ行って貰って、島の上で暫く一緒に暮したいのだが、どうだ少し気晴しに出掛けて見ては。それに、私の不思議な仕事も、もう大体は完成しているのだから、一度お前に見せたくもあるのだ」

すると千代子は、やっぱり疑《うたがい》深い様子を改めないで、何のかのと口実を構えては、彼の勧めを拒《こば》もうとばかりするのです。彼はそれを、或はすかし、或はおどし、色々に骨折って、三十分ばかりの間も、口を酸《すっぱ》くして口説《くど》いた上、とうとう、半ば威圧的に、彼女を肯《うなず》かせて了いました。それと云うのも、彼女は廣介を疑い恐れながら、もう一つの心では、それが仮令源三郎でなかろうと、やっぱり彼に、愛着を感じていたからに相違ありません。さて、行くとなっても、それから又、婆やを同伴するとかしないとか一問答あった末、結局、それも同伴しないで、彼と千代子と二人切りで、その日の午後の列車に乗ることに話を極めて了ったのです。尤も誰を同伴しないでも、島へ行けば、そこに沢山の女共もいることですから、何不自由がある訳ではないのでした。

海岸を一時間も汽車にゆられると、もうそこが終点のT駅で、そこから用意のモーター船にのり、荒波を蹴って、又一時間も行くと、やがて、目的の沖の島です。

千代子は、久しぶりの夫との二人旅を、何とも知れぬ恐怖を以て、併し又一方では、不思議な楽しさをも感じながら、どうかこの間の晩のことは私の思い違いであって呉れます様にと祈るのでした。嬉しいことには、汽車の中でも、船の上でも、いつになく夫は妙に優しく、言葉数が多く、何くれと彼女の世話をやいたり、窓の外を指さしては、過ぎ去る風景を賞したり、それが彼女には嘗ての密月《みつげつ》の旅を思い起させた程も、異様に甘く懐しく感じられるのでした。随って、あの恐しい疑いも、いつしか忘れるともなく忘れた形で、彼女は仮令明日はどうなろうと、ただ、この楽しみを一時《いちじ》でも長引かせたいと願うばかりでありました。

船が沖の島に近づくと、島の岸から二十間も隔たった所に、非常に大きなブイの様なものが浮いていて、船はそれに横づけにされるのです。ブイの表面は、二間四方位の鉄張りで、その中央に船のハッチの様な、小さな穴が開《あ》いています。二人は船から歩みを渡って、そのブイの上に降り立ちました。

「ここからもう一度、よく島の上を見てごらん。あの高く岩山の様に聳《そび》えているのは、みんなコンクリートで拵《こしら》えた壁なのだよ。外から見ると、島の一部としか思われぬけれど、あの内部には、それはすばらしいものが隠されているのだ。それから、岩山の上に頭を見せている、高い足場があるだろう。あれ丈けがまだ出来上らないで、今工事中なのだが、あすこには、恐しく大きな、ハンギング・ガーデンというのだが、つまり天上の花園が出来る訳なのだ。それでは、これから私の夢の国を見物することにしよう。少しも怖いことはありゃしない。この入口を降りて行くと、海の底を通って、じきに島の上に出られるのだよ。さあ、手を引いて上げるから、私のあとについておいで」

廣介は優しく云って、千代子の手をとりました。彼とても、千代子と同じ様に、二人が手に手をとって、この海の底を渡るのが、何となく嬉しいのです。いずれは彼女を手にかけて殺害せねばならぬと思いながらも、それ故に彼女の和肌《やわはだ》の感触が一層いとしくも懐しくも思いなされるのでありました。

ハッチを入って、暗い縦穴を五六間も下《くだ》ると、普通の建物の廊下位の広さで、ずっと横にトンネルの様な道が開けています。千代子はそこへ降りて、一歩進むか進まぬに、思わずアッと声を立てないではいられませんでした。そこは実に、上下左右とも海底を見通すことの出来る、ガラス張りのトンネルであったのです。

コンクリートの枠に厚い板ガラスを張りつめて、その外部に、強い電燈がとりつけられ、頭の上も、足の下も、右も左も、二三間の半径で、不思議な水底《みなそこ》の光景が、手に取る様に眺められます。ヌメヌメとした黒い岩石、巨大な動物の鬣《たてがみ》の様に、物凄く揺れる様々の海草、陸上では想像も出来ない、種々雑多の魚類の游泳《ゆうえい》、八本の足を車の様に拡げ、不気味ないぼいぼをふくらまして、ガラス板一杯に吸いついた大章魚《おおだこ》、水の中の蜘蛛《くも》の様に、岩肌に蠢《うごめ》く海老《えび》、それらが強烈な電光を受けながら、水の厚みにぼかされて、遠くの方は、森林の様に青黒く、そこにえたいの知れぬ怪物共がウジャウジャとひしめき合うかと思われて、その悪夢の様な光景は、陸上ではまるで想像も出来ない感じでした。

「どうだい、驚くだろう。だが、これはまだ入口なんだよ。これから向うの方に行くと、もっと面白いものが見られるのだよ」

廣介は、余りの気味悪さに青ざめた千代子をいたわりながら、さも得意らしく、説明するのでした。

十五

菰田源三郎になりすました前《さき》の人見廣介と、その妻であって妻でない千代子との、世にも不思議な密月の旅は、何という運命の悪戯でしょう。こうして、廣介の作り出した彼の所謂夢の国、地上の楽園をさまようことでありました。

二人は、一方に於いて、限りなき愛着を感じ合いながら、一方に於いては、廣介は千代子をなきものにしようと企らみ、千代子は廣介に対して恐るべき疑惑を抱き、お互にお互の気持を探り合って、でも、そうしていることが、決して彼等に敵意を起させないで、不思議と甘く懐しい感じを誘うのでした。

廣介はともすれば、一旦決した殺意を思止《おもいとま》って、千代子との、この異様なる恋に、身も心もゆだねようかとさえ、思い惑うことがありました。

「千代、淋しくはないかい。こうして私と二人っ切りで、海の底を歩いているのが。……お前は怖くはないのかい」

彼はふとそんなことを云って見ました。

「イイエ、ちっとも怖くはありませんわ。それは、あのガラスの向うに見えている、海の底の景色は、随分《ずいぶん》不気味ですけれど、あなたが側にいて下さると思うと、あたし、怖くなんか、ちっともありませんわ」

彼女は、幾分あまえ気味に、彼の身近くより添って、こんな風に答えました。いつしか、あの恐しい疑いを忘れて了って、彼女は今、ただ目前の楽しさに酔っているのでもありましょうか。

ガラスのトンネルは、不思議な曲線を描いて、蛇の様にいつまでも続きました。幾百燭《しょく》光《こう》の電燈に照されていても、海の底の淀《よど》んだ暗さはどうすることも出来ません。圧えつける様な、うそ寒い空気、遥か頭上に打ち寄せる浪の地響《じひびき》、ガラス越しの蒼暗《あおぐら》い世界に蠢く生物共、それは全くこの世の外《ほか》の景色でありました。

千代子は進むに従って、最初の盲目的な戦慄が、徐々に驚異と変じ、更らに慣れて来るに従って、次には夢の様な、幻の様な、海底の細道の魅力に、不可思議なる陶酔《とうすい》を感じ始めていました。

電燈の届かぬ遠くの方の魚達は、その目の玉ばかりが、夏の夜の川面《かわも》を飛びかう蛍《ほたる》の様に、縦横に、上下に、彗星《すいせい》の尾を引いて、あやしげな燐光《りんこう》を放ちながら、行違っています。それが、燈光を慕って、ガラス板に近づく時、闇と光の境を越えて、徐々に、様々の形、とりどりの色彩を、燈下に曝《さら》す異様なる光景を何に例えればよいのでしょう。巨大なる口を真正面に向けて、尾も鰭《ひれ》も動かさず、潜航艇の様にスーッと水を切って、霧の中のおぼろな姿が、見る見る大きくなり、やがて、活動写真の汽車の様に、こちらの顔にぶっつかる程も、間近く迫って来るのです。

或は上《あが》り、或は下《さが》り、右に左に屈折して、ガラスの道は、島の沿岸を数十間の間続いています。上《のぼ》りつめた時には、海面とガラスの天井とがすれすれになって、電燈の力を借らずとも、あたりの様子が手に取る様に眺められ、下《くだ》り切った時には、幾百燭光の電燈も、僅かに一二尺の間を、ほの白く照し出すに過ぎなくて、その彼方《かなた》には地獄の闇が、涯知《はてし》らず続いているのです。

海近く育って、見慣れ聞慣れてはいても、こうして、親しく海底を旅した事なぞは、いうまでもなく始めてだものですから、千代子は、その不思議さ、毒々しさ、いやらしさ、それにも拘らず異様にも引入れられる様な人外境の美しさ、怖い程も鮮かな海底の別世界に、ふと、名状の出来ない誘惑の様なものを感じたのは、まことに無理ではなかったのです。彼女は、陸上で乾《ほ》し固った姿を見ては、何の感動をも起さなかった種々様々の海草共が、呼吸し、生育し、お互に愛撫し、或は争闘し、不可解の言語を以て語り合ってさえいるのを目撃して、生育しつつある彼等の姿の、余りの異様さに、身もすくむ思いでした。

褐色の昆布《こんぶ》の大森林、嵐の森の梢《こずえ》がもつれ合う様に、彼等は海水の微動にそよいでいます。腐りただれて穴のあいた顔の様に、気味悪いあなめ、ヌルヌルした肌を戦《おのの》かせ、無恰好な手足を藻掻《もが》く、大蜘蛛の様なえぞわかめ、水底の覇王樹《さぼてん》と見えるかじめ、椰子《やし》の大樹にも比《ひ》すべきおおばもく、いやらしい蛔虫《かいちゅう》の伯母《おば》さんの様なつるも、緑の焔《ほのお》と燃ゆる青海《あおの》苔《り》、みるの大平原、それらが、所々僅かの岩肌を残して、隈《くま》もなく海底を覆い、その根の方がどの様な姿になっているのか、そこにはどんな恐しい生物《いきもの》が巣食っているのか、ただ上部の葉先ばかりが、無数の蛇の頭の様に、もつれ合い、じゃれつき、いがみ合っています。それを蒼黒い海水の層を越し、おぼろ気な電光によって眺めるのです。

ある場所には、どの様な大虐殺の跡かと思うばかり、ドス黒い血の色に染まったあまのりの叢《くさむら》、赤毛の女が髪をふり乱した姿の牛毛海苔、鶏《にわとり》の足の形のとりのあし、巨大な赤百足《むかで》かと見ゆるむかでのり、中にも一際《ひときわ》無気味なのは、鶏頭《けいとう》の花壇を海底に沈めたかと疑われる、鮮紅色のとさかのりの一むら、まっ暗な海の底で、紅の色を見た時の物凄さは到底陸上で想像する様なものではないのです。

しかも、そのドロドロの、黄に青に赤に、無数の蛇の舌ともつれ合う異形《いぎょう》の叢をかき分けて、先にも云った幾十幾百の蛍が飛びかい、電燈の光域に入るに従って、夫々《それぞれ》の不可思議な姿を、幻燈の絵の様に現します。猛悪な形相の猫鮫《ねこざめ》、虎鮫《とらざめ》が、血の気の失せた粘膜の、白い腹を見せて、通り魔の様にす早く眼界を横ぎり、時には深讐《しんしゅう》の目をいからせてガラス壁《へき》に突進し、それを食い破ろうとさえします。その時のガラス板の向側に密着した彼等の貪婪《どんらん》なる分厚《ぶあつ》の唇は、丁度婦女子を脅迫するならず者《もの》の、つばきに汚《よご》れ、ねじれ曲ったそれの様で、それから来るある聯想《れんそう》に、千代子は思わず震い上った程でした。

小鮫の類を海底の猛獣に例えるなら、そのガラス道《みち》に現れる魚類としては、鱏《えい》などは、水に棲む猛鳥にも比すべく、穴子《あなご》、鱓《うつぼ》の類は毒蛇と見ることが出来ましょう。陸上の人達は、生きた魚類と云えば、せいぜい水族館のガラス箱の中でしか見たことのない陸上の人達は、この比喩《ひゆ》を余りに大袈裟《おおげさ》だと思うかも知れません。併し、あの食べては毒にも薬にもならない様な、おとなしげな蝦《えび》が、海中ではどの様な形相を示すものか、又海蛇の親類筋の穴子が、藻から藻を伝《つたわ》って、如何に不気味な曲線運動を行うものか、実際海中に入ってそれを見た人でなくては、想像出来るものではないのです。

若しも、恐怖に色づけされた時、美が一層深味を増すものとすれば、世に海底の景色程美しいものはないでしょう。少くとも、千代子は、この始めての経験によって、生れて以来嘗《かつ》て味ったことのない、夢幻世界の美に接した様に感じたのです。闇の彼方から、何か巨大なものの気勢《けはい》がして、二つの燐光が薄れると共に、徐々に電光の中に姿を現した、縞目鮮かな旗立鯛《はたたてだい》の雄姿に接した時などは、彼女は思わず感嘆の声を放って、恐怖と歓喜の余り、青ざめて夫の袖にすがりついた程でした。

青白く光った、豊満な菱形の体軀《たいく》に、旭日旗《きょくじつき》の線条の様に、太く横ざまに、二刷子《ふたはけ》、鮮かな黒褐色の縞目、それが電燈に映って、殆ど金色に輝いているのです。妖婦の様に隈取った、大きな目、突き出た唇、そして、背鰭《せひれ》の一本が、戦国時代の武将の甲《かぶと》の飾り物に似て、目覚ましく伸びているのです。それが大きく身体《からだ》をうねらせて、ガラス板に近づき、向きを換えて、ガラス板に沿って、それとすれすれに、彼女の目の前に泳ぎ始めた時、彼女は再び感嘆の叫びを上げないではいられませんでした。それがカンヴァスの上の、画家の創作になる図案ではなくて、一匹の生物であることが、彼女にとって驚異だったのです。場所が場所であり、不気味な海草と蒼黒く淀んだ水を背景にして、おぼろなる電燈の光によってそれを眺めたのです。彼女の驚きは、決して誇張ではないのでした。

併し、進むに従って、彼女は最早や、一匹の魚に驚いている余裕はありませんでした。次から次と、ガラス板の外《そと》に、彼女を送迎する魚類の夥しさ、その鮮かさ、気味悪さ、そして又美しさ、雀鯛《すずめだい》、菱鯛《ひし》、天狗鯛《てんぐ》、鷹羽鯛《たかのは》、あるものは、紫金《しこん》に光る縞目、あるものは絵の具で染め出した様な斑紋《はんもん》、若しその様な形容が許されるものならば、悪夢の美しさ、それは実に、あの戦慄すべき悪夢の美しさの外のものではないのでした。

「まだまだ、私がお前に見せたいものは、これから先にあるのだよ。私があらゆる忠言に耳を藉《か》そうともせず、全財産を抛《なげう》ち、一生を棒に振って始めた仕事なのだ。私の拵え上げた芸術品がどの様に立派なものだか、まだすっかり出来上ってはいないのだけれど、誰よりも先に、先ずお前に見て貰いたいのだ。そして、お前の批評が聞きたいのだ。多分お前には私の仕事の値打が分って貰えると思うのだが。……ホラ、一寸ここを覗いてごらん、こうして見ると海の中が又違って見えるのだよ」

廣介は、ある熱情をこめて囁くのでした。

彼の指さした箇所を見ますと、そこは、ガラス板の下部が径三寸ばかりというもの、妙な風にふくれ上った丁度別のガラスをはめ込んだ様な形なのです。勧められるままに千代子は背をかがめて、怖わ怖わそこ《こ》へ目を当てました。最初は眼界全体にむら雲の様なものが拡《ひろま》って、何が何だか分りませんでしたが、目の距離を色々に換えている内に、やがて、その向側に、恐しい物の蠢いているのが、ハッキリと分って来るのでした。

十六

そこには、一抱えもあり相な岩石がゴロゴロ転がっている地面から、丁度飛行船の瓦斯《ガス》嚢《のう》を縦にした程の、褐色の嚢《ふくろ》が、幾つも幾つも、空《そら》ざまに浮き上って、それが水の為にユラリユラリと揺《ゆら》いでいるのです。余りの不思議さにやや暫《しばら》く覗いていますと、大嚢《おおぶくろ》の後方の水が異様に騒ぐかと思う間《ま》に、嚢の間をかき分ける様にして、絵に見る太古の飛竜など と云う生物《いきもの》に似た、恐しく、巨大な獣がノソリノソリと這い出して来るのです。ハッとして、何か磁石に吸い寄せられた感じで、身を引く力もなく、と同時に事の次第が少しずつ分りかけて来た為に、いくらか安んずる所もあって、彼女はそのまま身動きもしないで、不思議なものを見続けていたのですが、すると、正面を向いた顔の大きさが、飛行船の気《き》嚢《のう》の数倍もある怪物は、その顔全体が横に真二つに裂けた程の偉大な口をパクパクさせながら、飛竜そのままに、背中にうず高くもり上った数ケの突起物をユラユラ動かし、節くれ立った短い足で、ジリジリとこちらへ近づいて来るのです。そして、それが彼女の目の前に接近した時の恐しさ、正面から見れば、殆ど顔ばかりの獣です。短い足の上にすぐ口が開き、象の様な細い目が直ちに背中の突起物に接しています。皮膚は、非常にでこぼこの多い、ざらざらしたもので、その上に醜い斑点が黒く浮き出している、それが恐らく小山の様な大きさで、まざまざと彼女の目に映ったのです。

「あなた、あなた、……」

彼女はやっと目を離すと、襲われた様に夫の方を振向きました。

「なあに、怖いことはないのだよ。それは度の強い虫眼鏡なんだ。今お前が見たものはね、ホラ、こうして、このあたり前のガラスの所から覗いてごらん、あんなちっぽけな魚でしかありゃしない。鮟鱇《あんこう》の類《たぐい》なのだ。彼奴《あいつ》は、ああして鰭の変形した足で以て、海の底を這うことも出来るのだよ。アア、あの嚢《ふくろ》みたいなものかい。あれは見る通り海藻の一種で、いわたもって云うんだ相だ。嚢の形をしているんだね。サア、もっと向うの方へ行って見よう。さっき船の者に云いつけて置いたから、うまく間に合えば、もう少し行くと、面白いものが見られる筈だよ」

千代子は夫の説明を聞いても、怖いもの見たさの奇妙な誘惑に抗《こう》し難くて、再《ふたたび》三度《み　たび》、この廣介のいたずら半分のレンズ装置を、覗き直して見ないではいられませんでした。

併し、最後に彼女を最も驚かせたものは、その様な小刀細工のレンズ装置や、ありふれた海藻、魚介の類ではなくて、それらよりは幾層倍も濃艶な、鮮麗な、そして薄気味の悪いある物だったのです。

暫く歩く内に、彼女は、遥か頭上に、幽《かす》かな物音、というよりは一種の波動の様なものを感じました。そして、何かの予感がふと、彼女の足を止めたのです。すると、非常に大きな魚《さかな》の様なものが、無数の細《こまか》い泡の尾を引きながら、闇の水中を潜《くぐ》って、恐しい速度で、その異様に滑かな白い身体が、電燈の光にチラと照されたかと思うと、餌物《えもの》欲しげに触手を動かしている、海藻の茂みの中へ姿を没して了ったのです。

「あなた……」

彼女は又しても、夫の腕にすがりつかないではいられませんでした。

「見ててごらん、あの藻《も》の所を見ててごらん」

廣介は彼女をはげます様に囁きました。

焰の毛氈《もうせん》かと見えるあまのりの床が、一箇所異様に乱れて、真珠の様に艶《つや》やかな水泡《みなわ》が、無数に立昇り、ひとみを凝《こら》せば、その水泡の立昇るあたりには、青白く滑かな一物が、比《ひ》目魚《らめ》の恰好で海底に吸いついているのです。

やがて、昆布と見まがう黒髪が、もやの様に、のろのろと揺いで、乱れて、その下から、白い額が、二つの笑った目が、そして、歯をむき出した赤い唇が、次々と現れ、腹這《はらば》って顔丈けを正面に向けたそのままの姿で、彼女は徐々にガラス板の方へ近づいて来るのでした。

「驚くことはない。あれは私の雇っている潜《もぐ》りの上手な女なのだ。私達を迎えに来て呉れたのだよ」

よろよろと倒れ相になった千代子を抱き止めて、廣介が説明します。千代子は息をはずませて、子供の様に叫ぶのです。

「まあ、びっくりしましたわ。こんな海の底に人間がいるんですもの」

海底の裸女は、ガラス板の所まで来ると、浮ぶ様に、フワリと立上りました。頭上に渦巻く黒髪、苦し相に歪んだ笑い顔、浮上った乳房、身体一面に輝く水泡、その姿で、彼女は内側の二人と並んで、ガラス壁に手をささえながら、そろそろと歩き始めるのでした。

二人はガラスを隔てて、人魚の導くがままに進むのです。海底の細道は、進むに従って屈折し、しかもその所々に、故意か偶然か、不思議なガラスの歪みが出来ていて、その箇所を通過する毎に、裸女の身体が真二つに引裂かれ、或は胴を離れて首丈けが宙を飛び、或は顔丈けが異常に大きく拡大され、地獄か極楽か、何《いず》れにしろ此の世の外《ほか》の不可思議な、悪夢の様に、次から次へと展開されるのでありました。

併し、間もなく人魚は水中に耐え難くなって、肺臓に溜めていた空気をホッと吐き出し、そのすさまじい泡の一団が、遥かの空に消える頃、彼女は最後の笑顔を残して、手足を鰭の様に動かすとヒラヒラと昇天し始めました。そして、腕白小僧がじだんだを踏む恰好で、二本の足が中有《ちゅうう》にもがき、やがて、白い足の裏丈けが、頭上遥かに揺曳《ようえい》して、遂に裸女の姿は眼界を去って了ったのです。

十七

この異様なる海底旅行によって、千代子の心は、人間界の常套を逃れ、いつしか果知《はてし》らぬ無幻の境をさまよい始めていました。T市のことも、そこにある菰田家の邸のことも、彼女の里方の人達のことも、皆遠い昔の夢の様で、親子も夫婦も主従も、その様な人間界の関係などは、霞《かすみ》の様に意識の外にぼやけて了って、そこには、魂に喰い入る人外境の蠱《こ》惑《わく》と、それが真実の夫であろうがあるまいが、ただ目の前にいる一人の異性に対する、身も心も痺《しび》れる様な思慕の情のみが、闇夜《あんや》の空の花火の鮮かさで、彼女の心を占めていたのです。

「さあ、これから少し暗い道を通るのだよ。危いから手を引いて上げよう」

やがて、ガラスの道の途切れる箇所に達すると、廣介は優しく云って千代子の方を振りむきました。

「エエ」

と答えて、千代子は彼の手にすがるのです。

そして、道は突然暗くなって、岩石をくり抜いた洞穴《ほらあな》の様な所へ折れ曲って行きます。人一人やっと通れる程の、狭い道です。最早や陸上に出たのか、やっぱり海の底の岩窟《がんくつ》なのか、千代子には一切様子が分らず、怖いと思えば此上もなく怖いのですけれど、その様なことよりは、指先を、血が通う程も握り合った、男の腕の力が嬉しくて、ただもうそれで心が一杯になって、暗闇の恐怖などに心を向ける余裕もないのでありました。

その闇の中を、さぐりさぐり、千代子の気持では十町も歩いたかと思う頃、その実数間《すうけん》の距離しかなかったのですが、パッと眼界が開け、そこには、彼女が思わず驚きの叫声を立てた程、世にも雄大な景色が拡がっていたのです。

視力の届く限り、殆ど一直線に、物凄いばかりの大谿谷《けいこく》が横わり、両岸は空を打つかと見える絶壁が、眉を圧して打続き、その間に微動もしない深碧《しんぺき》の水が、約半町程の幅で、眼も遥かに湛《たた》えられているのです。それは一見天然の大谿谷の様に見えますけれど、仔細に観察すれば、徐々に、その凡てが人工になったものであることが分って来ます。といって、そこにはいささかも、醜い斧鉞《ふえつ》の跡などが残っている訳ではありません。そういう意味ではなくて、これを天然の風景と見る時は、余りに整い過ぎ、夾雑物《きょうざつぶつ》がなさ過ぎるからなのです。水には一片の塵芥《じんかい》も浮ばず、断崖には一茎《ひとくき》の雑草すら生立《おいた》ってはいないで、岩はまるで煉羊羹《ねりようかん》を切った様に滑かな闇色に打続き、その暗さが水に映じて、水も又漆《うるし》の様に黒いのです。従って、先程眼界が開けたといったのも、決して普通の様に明るくパッと開けたのではなくて、谷の奥行は霞む程も広く、絶壁は見上る様に高いのですけれど、それが一体に妖婦の眼隈《くまどり》の様に艶かしくも黒ずんで、明るい所と云っては、絶壁と絶壁との庇間《ひあわい》の細く区切られた空、それも平地で見る様な明るいものではなく、昼間も夕暮時の様に鼠色で、そこに星さえまたたいているのです。更らに、もっと変っているのは、この谿谷は、谷というよりは、寧ろ非常に深い、細長い池と唱《とな》えた方がふさわしく、両方の端が行詰りになっていて、一方は、今二人が出て来た海底からの通路の所、他の一方は、その反対の側の遥かに霞んで見える、異様なる階段に尽きているのです。その階段というのは、両側の断崖が徐々に狭《せば》まって、その合《がっ》した所に、水面から一直線に、雲に入《い》るかとばかり、そそり立っている所の、これのみは真白に見えている、不思議な石階《いしだん》を云うのですが、それが周囲の黒ずくめの間に、見事な一線を劃《かく》して、滝の様に下《くだ》っている有様は、その単純な構図故に、一際崇高《すうこう》の美を加えているのでありました。

千代子がこの雄大な景色に見とれている間に、廣介が何かの合図をしたらしく、ふと気がつくと、いつどこから現れたか、非常に大きな二羽の白鳥が、誇りがなうなじを上げ、その豊かな胸のあたりに、二筋三筋のゆるやかな波紋を作って、しずしずと、二人の立つ岸辺をさして近づいて来るのでした。

「まあ、大きな白鳥だこと」

千代子が驚嘆の声を洩すのと殆ど同時でした。一羽の白鳥の喉《のど》の辺《あたり》から、美しい人間の女性の声が、響いて来る様に思われたのです。

「さあ、どうぞお乗り下さいませ」

すると、千代子の驚く暇もあらせず、廣介は彼女を抱いて、その前に浮んでいた白鳥の背にのせると、自分ももう一羽の白鳥へとまたがるのでした。

「ちっとも驚くことはないよ。千代子、これも皆私の家来なのだから。さあ白鳥、お前達は、私等二人を、あの向うの石段の所まで運ぶのだ」

白鳥は人語を口にする程ですから、この主人の命令をも理解したに相違なく、彼女達は胸を揃え、漆《うるし》の様な水面に、純白の影を流して、静かに游《およ》ぎ始めるのです。千代子は余りの不思議さに、あっけに取られるばかりでしたが、やがて気がつくと、彼女の腿《もも》の下に蠢くものは、決して水鳥の筋肉ではなくて、羽毛に覆われた人間の、肉体に相違ないことを確めることが出来ました。恐らくは一人の女が白鳥の衣《ころも》の中に腹這《はらんば》いになって、手と足で水を掻きながら泳いでいるのでありましょう。ムクムクと動く柔かな肩やお尻の肉の工合、着物を通して伝わる肌のぬく味、それらは凡て人間の、若い女性のものらしく感じられるのです。

併し、千代子はその上白鳥の正体を見極める暇《いとま》もなく、更に奇怪な、若しくは艶麗なある光景に目をみはらねばなりませんでした。

白鳥が二三十間も進んだ時分、水底から彼女の傍《そば》に、ポッカリと浮上ったものがありました。浮上ったかと思うと、白鳥と並んで泳ぎながら、肩から上を彼女の方にねじ向けて、ニッコリ笑ったその顔は、まぎれもない、先刻《さつき》海底で彼女を驚かせた、あの人魚の女に相違ないのです。

「まあ、あなたはさっきの方ですわね」

併し、声をかけても、人魚はつつましやかに笑うばかりで、少しも言葉を返そうとはせず、ただやさしく会釈《えしやく》しながら、静に泳いでいるのです。そして、驚いたことには、人魚は決して彼女一人に止《とど》まらず、いつの間にか、一人二人と、同じ様な若い裸女達の数がふえ、見る見る一団の人魚群を為して、或は潜り、或は跳ね上り、或は戯《たわむ》れ合い、二羽の白鳥に雁行《がんこう》するかと見れば、抜手を切って泳ぎ越し、遥か彼方に浮上って、手まねきをして見せたり、闇色の絶壁と、漆の様な水を背景とし、そこに一糸を纏《まと》わぬ艶かしき影を躍らせて嬉戯《きぎ》する様《さま》は、ギリシャの昔語《むかしがたり》を画題とした名画でも見る様です。

やがて白鳥が道の半ば程まで来た時、水中の人魚に呼応する様に、遥か絶壁の頂上に、青空を区切って、数人の同じ様な裸女の姿が現れました。そして、彼女等は如何なる水泳の達人達でありましょう、次々と幾丈の水面を目がけて、そこを飛び下るのです。ある者はさかさに髪をふり乱して、ある者は膝を抱えてギリギリ舞いながら、ある者は両手を伸し弓の様に背をそらせたまま、様々の姿態を以て、風に散る花弁《かべん》の風情で、黒い岸壁を舞い下《さが》り、水煙を立てて水中深く沈むのです。

そして、夥多《あまた》の肉団に取囲まれたまま、二羽の白鳥は静に目ざす石階《いしだん》の下へと着きました。近づいて見れば、幾百段とも知れぬ、純白の石階は、空を圧して聳《そばだ》ち、見上げた丈けでも、身内《みのうち》がむず痒くなるばかりです。

十八

「あたし、迚《とて》もここは昇れませんわ」

千代子は、白鳥の背から陸上に降り立つと、先ず恐れを為して、云うのでした。

「なあに、思う程ではないのだよ。私が手を引いて上げるから、昇ってごらん、決して危くはないのだから」

「でも……」

千代子がためらう間に、廣介は構わず彼女の手を取って石段を昇り始めていました。そして、あれあれと云う間に、もう二十段ばかりも昇って了ったのです。

「そらね、ちっとも怖くはないだろう。さあもう一息だ」

そして、二人は一段一段と昇って行ったのですが、不思議なことには、間もなく頂上まで昇り切って了うと、下で見た時には幾百段とも知れず、空まで届き相であったのが、実際は百段もあるかなしで、決してそれ程高いものではないのです。それがどうしてあんなに見えたのか、臆病故《ゆえ》の錯覚としても、余りにその差が甚《はなはだ》しく、千代子は不思議に堪《た》えられませんでした。後に至って分ったことですが、先刻《さっき》海底で鮟鱇《あんこう》を太古の怪物と見誤った様な、丁度あれに似た幻覚が、この島全体に満ち充ちている様な気がして、それ故に一層そこの景色が美しいのだとも思われるのです。そして、今の階段の高さの相違などもその一つに算《かぞ》えることが出来ました。彼女は、併し、それがどの様な理由によるものか、廣介から詳しい説明を聞くまでは少しも分らなかったのです。

それは兎も角、彼等は今、階段を昇り切った高地に立って、彼等の行手を眺めました。そこには狭い芝生の傾斜があって、それを下《くだ》ると道は直ちに鬱蒼《うっそう》たる大森林に入っています。振向けば、巨大なる舟型を為した谿谷が、真黒な口を開き、その憂鬱な断崖の底には、今彼等を運んで呉れた二羽の白鳥が、真白な紙屑《かみくず》の様に浮んでいるのが、心細く眺められます。そして、行手は又しても、陰湿なる暗闇の森です。その二つの特異な風景の間を区切る、この僅かの芝生は、晩春の午後の日ざしを一杯に受けて、赤々と燃え立ち、陽《かげ》炎《ろう》のゆらぐ芝草の上を、白い蝶が低く飛びこうています。千代子はその奇異なる対象に、ある不自然の美しさという様なものを感じないではいられませんでした。

見渡す限り果知らぬ老杉《ろうさん》の大森林は、むら雲のモクモクと湧上る形で、枝に枝を交え、葉に葉を重ね、日向《ひなた》は黄色《こうしょく》に輝き、蔭は深海の水の様にドス黒く淀んで、それが不思議なだんだら模様を現わしています。そして、この森の物凄さは、芝生に立ってじっとその全形を見渡している間に、徐々に見る者の心に湧上って来る、ある異様な、感情でありました。その様な感情を起させるものは、空を覆ってのしかかって来る様な、森の雄大さにもありましょう。或は又萌《も》え立つ若葉から発散する、あの圧倒的な獣物《けもの》の香気にもありましょう。併しその外《ほか》に、注意深い観察者は、森全体に加えられた悪魔の作為ともいうべきものを、遂には悟るに相違ありません。それは、この大森林の全形が、世にも異様なある妖魔の姿を現していることです。非常に神経質に作為の跡を隠してある為に、それは極くおぼろげにしか見別《みわけ》ることは出来ませんけれど、おぼろげなればおぼろげな程、却ってその恐怖は深みと大きさを増している様に見えるのです。恐らくこの森は自然のままの森ではなくて、極度に大仕掛けな人工が加えられたものでもありましょうか。

千代子はこれらの風景を見るに従って、彼女の夫の源三郎の心の底にこの様な恐しい趣味が隠されていたとは、どうしても考えられず、今彼女と並んで何気なく佇《たたず》んでいる、夫に似た一人の男を疑う心は、益々深まって来るのでありました。併し、彼女の異様なる心理を何と解すべきでありましょう。彼女は刻一刻深まって行く恐しい疑惑と同時に、それと並行して、一方ではそのえたいの知れぬ人物に対する思慕の情も又、益々耐《こら》え難きものに思われて来るのでありました。

「千代、何をぼんやりしているのだ。お前、又、この森を怖がっているのではないのかい。みんな私の拵えたものなんだよ。ちっとも怖がることなんかありゃしない。さあ、あすこの木の下に、私達の従順な召使が待兼ねている」

廣介の声にふと見ると、森の入口の一本の杉の木の根許《ねもと》に、誰が乗り捨てたのか、毛並《けなみ》艶《つや》やかな二匹の驢馬《ろば》がつながれて、しきりに草を噛んでいます。

「私達はこの森へ這入らねばなりませんの」

「オオ、そうだとも。何も心配することはない。この驢馬が安全に私達を案内して呉れるのだよ」

それから、二人はおもちゃの様な驢馬の背《せな》に跨《また》がって、奥底の知れぬ、闇の森へと進み入るのでありました。

森の中では、幾層にも木の葉が重り合って、空を見ることは出来ませんけれど、でも、全く闇というのではなく、黄昏時《たそがれどき》のほのかなる微光が、もやの様に立籠《たちこ》めて、行手が見えぬ程ではありません。巨木の幹は大伽藍《だいがらん》の円柱の様に立並び、その柱頭から柱頭を渡って、青葉のアーチが連《つら》なり、足の下には、絨毯《じゅうたん》の代りに杉の落葉が分厚に散り敷いて居ります。森の中のたたずまいは、丁度名ある大寺院の礼拝堂《らいはい》に似て、その幾層倍も、神秘に、幽玄《ゆうげん》に、物凄く感じられるのです。

それにしても、この森の下道の調和と均整は、到底天然の企て及ぶ所ではありません。例えば、広漠たる大森林が、凡て杉の巨木のみで出来ていて、その外《ほか》には一本の雑木《ぞうき》も、一茎の雑草も見当らぬ点、樹木の間隔配置に人知れぬ注意が行届いて、異様の美を醸《かも》し出している点、その下を通ずる細道の曲線が、世にも不思議なうねりを見せて、通る者の心に一種異様の感情を抱かせる点などは、明かに自然をしのぐ作者の創意を語っています。恐らくは、彼《か》の木の葉のアーチの快い均整にも、落葉の床の踏み心地にも、凡て注意深い人工が加味されているのではないでしょうか。

主人を乗せた二匹の驢馬は、落葉の深さに少しの跫音も立てないで、静かに木《こ》の下闇《したやみ》をたどります。獣も鳥も鳴かず、死の様な幽寂《ゆうじゃく》が森全体を占めています。が、やがて、奥深く進むにつれて、その静けさを一層引立てる為ででもある様に、見えぬ頭上の梢《こずえ》のあたりから、梢に当たる風の音ともまがう程の鈍い音響が、例えばパイプオルガンの響きに似た、奇異な音楽が、幽玄の曲調を以て、おどろおどろと聞え始めます。

二人の卑小なる人間は、驢馬の背《せな》の上で、頭《かしら》を垂れて一語をも語りません。千代子はふと顔を上げて口を動かし相にしましたが、そのまま言葉を発しないでうなだれました。無心の驢馬は黙々として進みます。

又暫く行くと、森の様子が少しずつ変って来ることに気づきます。今まで一様にほの暗かった森の中に、どこからか銀色の光がさし始めたのです。落葉がチカチカと光り、見る限りの巨木の幹が、半面丈けまぶしく照らし出されています。半ばは銀色に輝き、半ばは漆黒《しっこく》の大円柱が、目路《めじ》の限り打続く光景は、いとも見事なものでありました。

「もう森がおしまいなのでしょうか」

千代子は夢から醒めた様に、かすれた声で尋ねました。

「いやいや、あの向うに沼があるのだ。私達は今にそこへ出る筈なのだよ」

そして、彼等はやがて、その沼のほとりへたどりつきました。沼は絵にある狐火《きつねび》の形で一方の岸は丸く、反対の岸は焰の様な三つの深いくびれになって、そこに水銀の様に重い水をたたえています。動かぬ水面には、大部分蒼黒い老杉の影を宿し、一部に少しばかりの青空を映しています。そこには最早や先程の音楽も響いては来ません。あらゆるものが沈黙し、あらゆるものが静止して、万象《ばんしょう》は深い眠りにおちているのです。

二人はその静寂を破るまいとする様に、静に驢馬を降り、無言のまま岸辺に歩み寄りました。彼方の岸の突出《とっしゅつ》した部分には、この森での唯一の例外として、数本の椿《つばき》の老樹が、各々《おのおの》一丈ばかりもある濃緑の肌に、点々と血をにじませて夥多の花を開いています。そして、驚くべきことは、その花の蔭の少しばかりのほの暗い空地に、一人の美しい娘が、乳色の肌をあらわにして、ものうげに横わっているのです。苔を褥《しとね》に頰杖《ほおづえ》をついて、腹這いに沼を覗いているのです。

「まあ、あんな所に……」千代子は思わず声を揚げました。

「黙って」

廣介は、娘を驚かせまいとする様に、合図をして彼女の声を止めるのです。

娘は見る人のあるのを知ってか知らずにか、依然《いぜん》として放心の様《さま》で沼の表を見入っています。森の中の沼、岸辺の椿、腹這いになった無心の裸女、この極めて単純な取合せが、如何にすばらしい効果を示していたでしょう。若しこれが偶然でなくて、意図された構図であるならば、廣介はいとも優れた画家と云わねばなりません。

二人は長い間岸に立って、この夢の様な光景に見とれていたのですが、その長い間に少女は組み合せていた豊かな足を、一度組み直したばかりで、あきずに、物憂《ものう》い凝視を続けているのでした。やがて、千代子が廣介にうながされて、驢馬に乗り、そこを立去ろうとした時に、少女の真上に咲いていた目立って大きな椿の花が一輪、液体がしたたる様に、ポトリと落ちて、少女のふくよかな肩先を滑り、沼の水に浮んだのです。でも、それが余りに静であったものですから、沼の水も気づかなかったのか、一筋の波紋を描くでもなく、鏡の様な水面は依然として微動さえもしませんでした。

十九

そして又、二人は暫くの間、太古の森の下蔭を騎行《きこう》したのですが、森の深さは行くに従って極まる所を知らず、どう行けばここを出ることが出来るのか、再び最初の入口に帰るとしてもその道筋も分らぬ感じで、そうして無心の驢馬の歩むままに任せて居ることが、少なからず不安にさえ思われ始めるのでありました。

ところが、この島の風景の不思議さは、行くと見えて帰り、昇ると見えて下り、地底が直ちに山頂であったり、広野《こうや》が気のつかぬ間に細道に変っていたり、種々様々の魔法の様な設計が施されてあることで、この場合も、森が最も深くなり、旅人の心に云い知れぬ不安がきざし始める頃には、それが却って、森もやがて尽きることを示しているのでありました。

今までは適度の間隔を保っていた大樹共の幹が、気のつかぬ程に、徐々にせばまって、いつの間にか、それが幾層の壁を為して、隙間もなく密集している所に出ました。そこには最早や緑葉のアーチなどはなくて、生い茂るに任せた枝葉が、地上までも垂れ下り、闇は一層濃《こまや》かになって、殆ど咫尺《しせき》を弁じ難いのです。

「さあ、驢馬を捨てるのだ。そして私のあとについておいで」

廣介は、先ず自分が驢馬を下《くだ》って、千代子の手を執り、彼女を助けおろすと、いきなり前方の闇へと突き進むのでした。木の幹に身体をはさまれ、枝葉に行手をさえぎられ、道でない道を潜りながら、土竜《もぐら》の様に進むのです。そして、暫くもまれもまれている内に、ふと浮ぶ様に身が軽くなって、ハッと気がつくと、そこは最早や森ではなく、うらうらと輝く陽光、見渡す限り目をさえぎる者もない緑の芝生、そして、不思議なことには、どこを見廻しても、あの森などは影も形も見えないのでした。

「まあ、あたしはどうかしたのでしょうか」

千代子は悩ましげにこめかみを圧えて、救いを求める様に廣介を見かえりました。

「いいえ、お前の頭のせいではないのだよ。この島の旅人は、いつでも、こんな風に一つの世界から別の世界へと踏み込むのだ。私はこの小さな島の中で幾つかの世界を作ろうと企てたのだよ。お前はパノラマというものを知っているだろうか。日本では私がまだ小学生の時分に非常に流行した一つの見世物なのだ。見物は先ず細い真暗な通路を通らねばならない。そしてそれを出離れてパッと眼界が開けると、そこに一つの世界があるのだ。今まで見物達が生活していたのとは全く別な、一つの完全な世界が、目も遥かに打続いているのだ。何という驚くべき欺瞞《ぎまん》であっただろう。パノラマ館の外《そと》には、電車が走り、物売りの屋台が続き、商家の軒《のき》が並んでいる。そこを、昨日も今日も明日も、同じ様に、絶え間なく町の人々が行違っている。商家の軒続きには私自身の家も見えている。ところが一度パノラマ館の中へ這入ると、それらのものが悉《ことごと》く消え去って了って、広々とした満洲の平野が、遥か地平線の彼方までも打続いているではないか。そして、そこには見るも恐しい血みどろの戦《たたかい》が行われているのだ」

廣介は芝原の陽炎を乱して、歩きながら語り続けました。千代子は夢見心地に恋人のあとを追うのです。

「建物の外にも世界がある。建物の中にも世界がある。そして二つの世界が夫々《それぞれ》異った土と空と地平線とを持っているのだ。パノラマ館の外には確かに日頃見慣れた市街があった。

それがパノラマ館の中では、どの方角を見渡しても影さえなく、満洲の平野が遥か地平線の彼方まで打続いているのだ。つまり、そこには同一地上に平野と市街との二重の世界が在る。少くともそんな錯覚を起させる。その方法というのはお前も知っている通り、景色を描いた高い壁で以て見物席を丸く取囲み、その前に本当の土や樹木や人形を飾って、本物と絵との境をなるべく見分けられぬ様にし、天井を隠す為に見物席の廂《ひさし》を深くする。ただそれ丈けのことなのだ。私はいつか、このパノラマを発明したというフランス人の話を聞いたことがあるけれど、それによると、少くとも最初発明した人の意図は、この方法によって一つの新しい世界を創造することにあったらしい。丁度小説家が紙の上に、俳優が舞台の上に、夫々一つの世界を作り出そうとする様に、彼も亦、彼独特の科学的な方法によって、あの小さな建物の中に、広漠《こうばく》たる別世界を創作しようと試みたものに相違ないのだ」

そして、廣介は手を挙げて、陽炎と草いきれのかなたに霞む、緑の広野と青空との境を指さしました。

「この広い芝原を見て、お前は何か奇異の感じに打たれはしないだろうか。あの小さな沖の島の上にある平野としては、余りに広すぎるとは思わないだろうか。見るがいい。あの地平線の所までは、確かに数哩《マイル》の道のりがある。本当を云えば、地平線の遥か手前に、海が見える筈ではないだろうか。しかも、この島の上には、今通った森や、ここに見えている平野の外《ほか》に、一つ一つが数哩ずつもある様な種々様々の風景が作られているのだ。それでは、沖の島の広さがM県全体程あった所で、まだ不足する筈ではないだろうか。お前には私の云っている意味が分るかしら。つまり私はこの島の上に幾つかの夫々独立したパノラマを作ったのだ。私達は今まで海の中や谷底や森林のほの暗い道ばかりを通って来た。あれはパノラマ館の入口の暗道に相当するものかも知れないのだ。今私達は春の日光と陽炎と草いきれの中に立っている。これはその暗道を出た時の夢からさめた様なほがらかな気持にふさわしくはないだろうか。そして、これから私達は愈々私のパノラマ国へ這入って行くのだ。だが私の作ったパノラマは、普通のパノラマ館の様に壁に描いた絵ではない。自然を歪める丘陵の曲線と、注意深い光線の按排《あんばい》と、草木《そうもく》岩石の配置とによって、巧みに人工の跡をかくして、思うがままに自然の距離を伸縮したのだ。一例を上げて見るならば、今通り抜けたあの大森林だ。あの森の真実の広さを云ったところで、お前は決して本当にしないだろう。それ程狭いのだ。あの道は、それと悟られぬ巧みな曲線を描いて、幾度も幾度もあと戻りをしているのだし、左右に見えていた果しも知れぬ杉の木立は、お前が信じた様に皆同じ様な大木ではなくて、遠くの方は僅か高さ一間程の、小さな杉の苗木の林であったかも知れないのだ。光線の按排によってそれを少しも分らぬ様にすることはさして難しい仕事ではないのだよ。その前に私達が昇った白い石の階段にしてもその通りだ。下から見上げた時は雲のかけ橋の様に高く見えて、その実は百段余りしかない。お前は多分気づかなんだであろうが、あの石段は芝居の書割《かきわ》りの様に上部程狭くなっている上に、階段の一つ一つも、気づかれぬ程度で、上に行く程高さや奥行きが短く出来ているのだ。それに両側の岩壁の傾斜に工夫が加えられている為に、下からはあの様に高く見える訳なのだ」

併し、その様な種明しめいた説明を聞いても、幻影の力が余りに強くて、千代子の心に記された不可思議な印象は少しも薄らぎませんでした。そして、現に目の前に拡がっている、無際涯《むさいがい》の広野は、その果てはやっぱり地平線の彼方に消えているとしか考えられぬのでありました。

「では、この平野も実際はそんな風に狭いのでしょうか」彼女は半信半疑の表情で尋ねました。

「そうだとも、気づかれぬ程の傾斜で、周囲が高くなっていて、そのうしろの様々のものを隠しているのだ。だが、狭いと云っても直径五六町はあるのだよ。その普通の広っぱを一層効果を出す為に無際涯に見せたまでなのだ。でも、たったそれ丈けの心遣いが、何というすばらしい夢を作り出して呉れたのだろう。お前には、今、説明を聞いたあとでも、この大平原がたった五六町の広っぱに過ぎないなどとは、どうしても信じられないことだろう。作者の私でさえもが、今こうして陽炎の為に波の様にゆらぐ地平線を眺めていると、本当に果しも知らぬ広野の中へ置去りにされた様な、云うに云われぬ心細さと、不思議に甘い哀愁とを感じないではいられぬのだ。見渡す限り何のさえぎる物もない、空と草だ。私達には今、それが全世界なのだ。この草原は謂わば沖の島全体を覆い、遠くI湾から太平洋へと拡がって、その涯《はて》はあの青空に連《つらな》っているのだ。西洋の名画なれば、ここに夥しい羊の群と牧童とが描かれていることだろう。或は又、あの地平線の近くを、ジプシィの一団が長蛇の列を作って、黙々と歩いて行く所も想像出来る、彼等は半面に夕日を受けて、その非常に長い影が芝原の上をしずしずと動いて行くことでもあろう。だが、見る限り、一人の人も、一匹の動物も、たった一本の枯れ木さえも見えない。緑の沙漠《さばく》の様なこの平野は、その様な名画よりも、一層私達を打ちはしないだろうか。ある悠久《ゆうきゅう》なるものが恐しい力を以て私達に迫っては来ないだろうか」

千代子は先程から、青いというよりは寧ろ灰色に見える、余りに広い空を眺めていました。そして、いつとはなくまぶたに溢《あふ》れた涙を隠そうともしませんでした。

「この芝原から道が二つに分れているのだ。一つは島の中心の方へ、一つはその周囲をとり巻いて並んでいる幾つかの景色の方へ。本当の道順は先ず島の周囲を一順して、最後に中心へ這入《はい》るのだけれど、今日は時間もないのだし、それらの景色はまだ完全に出来上っている訳でもないのだから、私達はここからすぐに中心の花園の方へ出ることにしよう。そこが一番お前の気にも入ることだろう。だが、この平野からすぐに花園と続いては、余りにあっけない気がするかも知れない。私は外《ほか》の幾つかの景色についても、その概略をお前に話して置いた方がいい様な気がするのだ。花園への道まではまだ二三町もあることだから、この芝生を歩きながら、それらの不思議な景色のことをお前に伝えることにしよう。

お前は造園術で云うトピアリーというものを知っているだろうか。つげやサイプレスなどの常緑木《ときわぎ》を、或は幾何学的な形に、或は動物だとか天体などになぞらえて、彫刻の様に刈込むことを云うのだ。一つの景色には、そうした様々の美しいトピアリーが涯しもなく並んでいる。そこには雄大なもの、繊細なもの、あらゆる直線と曲線との交錯が、不思議なオーケストラを奏《かな》でているのだ。そして、その間々《あいだあいだ》には、古来の有名な彫刻が、恐しい群を為して密集している。しかも、それが悉く本当の人間なのだ。化石した様に押し黙っている裸体の男女の一大群集なのだ。パノラマ島の旅人は、この広漠たる原野から突然そこへ這入って、見渡す限り打続く人間と植物との不自然なる彫刻群に接し、むせ返る様な生命力の圧迫を感じるだろう。そして、そこに名状の出来ない怪奇な美しさを見出すのだ。

又一つの世界には生命のない鉄製の機械ばかりが密集している。絶えまもなくビンビンと廻転する黒《くろ》怪物の群なのだ。その原動力は島の地下で起している電気によるのだけれど、そこに並んでいるものは、蒸汽《じょうき》機関だとか、電動機だとか、そういうありふれたものではなくて、ある種の夢に現れて来る様な、不可思議なる機械力の象徴なのだ。用途を無視し、大小を転倒した鉄製機械の羅列《られつ》なのだ。小山の様なシリンダア、猛獣の様にうなる大飛輪、真黒な牙と牙とをかみ合せる大歯車の争闘、怪物の腕に似たオッシレーティング・レヴァー、気違い踊りの、スピード・ヴァーナー、縦横無尽に交錯するシャフト・ロッド、滝の様なベルトの流れ、或はベベルギア、オーム・エンド・オームホイール、ベルトプーレイ、チェーンベルト、チェーンホイール、それが凡て真黒な肌に膩汗《あぶらあせ》をにじませて、気違いの様に廻転しているのだ。お前は博覧会の機械館を見たことがあるだろう。あすこには技師や説明者や番人などがいるし、範囲も一つの建物の中に限られ、機械は凡て用途を定めて作られた正しいものばかりだが、私の機械国は、広大な、無際涯に見える一つの世界が、無意味な機械を以て隈なく覆われているのだ。そして、そこは機械の王国なのだから外の人間や動植物などは影も形も見えないのだ。地平線を覆って、独りで動いている大機械の平原、そこへ這入った小さな人間が何を感ずるかは、お前にも想像が出来るであろう。

其外《そのほか》、美しい建築物を以て充された大市街や、猛獣、毒蛇、毒草の園や、噴泉や滝や流れや様々の水の遊戯を羅列した、しぶきと水煙の世界なども已に設計は出来ている。いつとはなく、それらの一つ一つの世界を夜毎の夢の様に見尽して、旅人は、最後に渦巻くオーロラと、むせ返る香気と、万花鏡《ばんかきょう》の花園と、華麗な鳥類と、嬉戯する人間との夢幻の世界に這入るのだ。だが、私のパノラマ島の眼目は、島全体を見はらした美観にあるのだ。そこで今建築している、大円柱の頂上の花園から、ここからは見えぬけれど、島の中央には島全体が一つのパノラマなのだ。別々のパノラマが集って又一つの全く別なパノラマが出来ているのだ。この小さな島の上に幾つかの宇宙がお互に重なり合い、食違って存在しているのだ。だが、私達はもうこの平野の出口へ来て了った。さあ手をお貸し、私達は又暫く狭い道を通らなければならないのだ」

広原のある箇所に、間近く寄って見ないでは分らぬ様な、一つのくびれがあって、忍びの道はそこに薄暗く生い茂った雑草をかき分けて進む様になっています。その中におりて暫く行くと、雑草は益々深くなって、いつしか二人の全身を覆って了い、道は又、あやめもわかぬ暗闇へと這入って行くのでありました。

二十

そこにはどの様な不思議な仕掛けがしてあったのか、それとも又、ただ千代子の幻覚に過ぎなかったのか、一つの景色から、僅かばかりの暗闇を通って、今一つの景色へと現れるのが、何かこう夢の様で、一つの夢から又別の夢へと移る時の、あの曖昧な、風に乗っている様な、その間《あいだ》全く意識を失っている様な、一種異様な心持なのでした。随って、その一つ一つの景色は、全く平面を異にした、例えば三次の世界から四次の世界へと飛躍でもした感じで、ハッと思う間に、今まで見ていた同一地上が、形から色彩から匂《におい》に至るまで、まるで違ったものに変っているのでした。それは本当に夢の感じか、そうでなければ、活動写真の二重焼付けの感じです。

そして、今二人の目の前に現れた世界は、廣介はそれを花園と称していたのですけれど、一般に花園という文字から聯想される何物でもなくて、乳色に澱《よど》んだ空と、その下に不思議な大波の様に起伏する丘陵の肌が、一面に春の百花によって、爛《ただ》れているに過ぎないのです。併し、それの余りの大規模と、空の色から、丘陵の曲線と百花の乱雑に至るまで、悉く自然を無視した、名状の出来ない人工の為に、その世界に足を踏み入れたものは、暫く茫然《ぼうぜん》として佇む外はないのでした。

一見単調に見えるこの景色の内には、何かしら、人間界を離れて、例えば悪魔の世界に入った様な、異様な感じを含んでいました。

「お前、どうかしたのか。目まいがするのか」

廣介は驚いて、倒れかかる千代子の身体を支《ささ》えました。

「エエ、何ですか、頭が痛くって……」

むせる様な香気が、例えば汗ばんだ人間の肉体から発散する異臭に似て、併し決して不快ではない所の香気が、先ず彼女の頭の芯をしびれさせたのです。それに、不思議な花の山々の、無数の曲線の交錯が、まるで小舟の上から渦巻き返す荒浪《あらなみ》を見る様に、恐しい勢《いきおい》で彼女を目がけておし寄せるかと疑われたのです。決して動きはしないのです。でもその動かぬ丘陵の重なりには、考案者の不気味な奸計が隠されていたとしか考えられません。

「私、何だか恐しいのです」

漸く立直った千代子は、目をふさぐ様にして、僅かに口を利きました。

「何がそんなに恐しいの」

廣介は唇の隅に、ほのかな笑いを震わせて聞きました。

「何だか分りませんわ。こんなに花に包まれていて、私は無上《むしょう》に淋しい気がいたします。来てはならない所へ来た様な、見てはならないものを見ている様な気持なのですわ」

「それはきっと、この景色が余り美しいからだよ」廣介はさり気なく答えました。「それよりも、御覧。あすこへ、私達の迎いのものがやって来たから」

とある花の山蔭から、まるで御祭の行列の様に、しずしずと一組の女達が現われました。多分身体全体を化粧しているのでしょう、青味がかった白さに、肉体の凹凸《おうとつ》に応じて、紫色の隈を置いた、それ故に一層陰影の多く見える裸体が、背景の真赤な花の屏風《びょうぶ》の前に、次々と浮出して来るのです。

彼女等は、テラテラと膩《あぶら》ぎったたくましい足を、踊る様に動かし、黒髪を肩に波うたせ、真赤な唇を半月形に開いて、二人の前に近寄り、無言のまま、不思議な円陣を作るのでした。

「千代子、これが私達の乗物なのだ」

廣介は千代子の手を取って、数人の裸女によって作られた蓮台《れんだい》の上におし上げ、自分もそのあとから、千代子と並んで、肉の腰掛に座を占めました。

人肉の花びらは、開いたまま、その中央に廣介と千代子とを包んで、花の山々を巡り始めるのです。

千代子は、目の前の世界の不思議さと、裸女達の余りの無感動に幻惑して、いつしかこの世の羞恥《しゅうち》を忘れて了った形でした。彼女は、膝の下に起伏する、肥《こ》え太った腹部の柔《やわら》か味《み》を、寧ろ快くさえ感じていました。

丘陵と丘陵との間の、谷間とも見るべき部分に、細い道は幾曲りしながら続きました。その裸女達の素足が踏みしだく所にも、丘と同じ様に百花が乱れ咲いているのです。肉体の柔かなバネ仕掛けの上に、深々としたこの花の絨毯は、彼等の乗物を、一層滑かに心地よくしました。

併し、この世界の美は、絶えず彼等の鼻をうっている、不思議な薫《かおり》よりも、乳色に澱んでいる異様な空の色よりも、いつから始まったともなく、春の微風《そよかぜ》の様に、彼等の耳を楽しませている、奇妙な音楽よりも、或は又、千紫《せんし》万紅《ばんこう》、色とりどりの花の壁よりも、その花に包まれた山々の、語り得ぬ不思議な曲線にありました。人はこの世界に於て、始めて、曲線の現し得《う》る美を悟ったでありましょう。自然の山岳と、草木《そうもく》と、平野と、人体の曲線に慣れた人間の目は、ここにそれらとはまるで違った曲線の交錯を見るのです。どの様な美女の腰部《ようぶ》の曲線も、或はどの様な彫刻家の創作も、この世界の曲線美には比べることが出来ません。それは自然を描き出した造物主ではなくて、それを打ち亡《ほろ》ぼそうと企らむ悪魔だけが描き得る線であったかも知れません。ある人はそれらの曲線の重なりから、異常なる性的圧迫を感ずるでありましょう。併しそれは決して現実的な感情を伴うものではないのです。我々は悪夢の中《うち》でのみ、往々にしてこの種の曲線に恋することがあります。廣介は、その夢の世界を、現実の土と花とを以て、描き出そうと試みたものに相違ありません。それは崇高というよりも、寧ろ汚穢《おわい》で、調和的というよりも、寧ろ乱雑で、その一つ一つの曲線と、そこに膿《う》み爛《ただ》れた百花の配置は、快感よりは一層限りなき、不快を与えさえします。それでいて、その曲線達に加えられた不可思議なる人工的交錯は、醜《しゅう》を絶して、不協和音ばかりの、異様に美しい大管絃楽を奏しているのでありました。

又、この風景作家の異常なる注意は、裸女の蓮台が通り過ぎる所の、谿間《たにま》の花の細道が作る曲線にまでも行届いていたのです。そこには曲線そのものの美ではなくて、曲線に沿って運動するものの感ずる、謂わば肉体的快感が計画されていました。或は緩《ゆるや》かに、或は急角度に、或は上《のぼ》り、或は下り、道は上下左右に様々の美しい曲線を描きました。それは例えば、空中に於て飛行家が味わう様な、又、我々がつづら折の峠道を走る自動車の中で感ずる様な、曲線運動の快感の、もっと緩かに且《か》つ美化されたものと云えばいいでしょうか。

時々上り坂はありながら、道は少しずつある中心点に向って下って行く様に見えました。

そして、異様なる香気と、地の底からの様に響く音楽とは、層一層その度を高め、遂には、彼等の鼻をも耳をも、その美しさに無感覚にして了う程も、絶え間なく続くのでした。

時とすると、谿間は広々とした花園と開け、その彼方に、空へのかけ橋の様に、花の山がそびえ、その茫漠たる斜面に、吉野山の花の雲を数倍した、幻怪なる光景を展開しました。そして、一層驚くべきは、その斜面と広野との、虹の様な花を分けて、点々と、幾十人の裸体の男女の群が、遠くのものは白豆の様に小さく、嬉々としてアダムとイヴの鬼ごっこをやっていることでした。山を駆け降り、野を横切って、黒髪を風になびかせた一人の女が、彼等から一間ばかりの所へ来て、バッタリ倒れました。すると、彼女を追って来た一人のアダムは、彼女を抱き起して、彼の広い胸の前に、一文字《いちもんじ》に抱えると、抱《いだ》くものも、抱かれたものも、この世界に充満する音楽に合せて、高らかに歌いながら、しずしずと彼方へ立去るのでした。

又ある箇所には、細い谷間の道を覆って、アーチの様に、白鯰のユーカリ樹の巨木が腕をのべ、その枝もたわわに裸女の果実が実っていました。彼女等は、太い枝の上に身を横《よこた》え、或は両手でぶら下って、風にそよぐ木の葉の様に、首や手足をゆすりながら、やっぱりこの世界の音楽を合唱しているのです。裸女の蓮台は、その果実の下を、凡そ無関心を以て、静に練って行くのです。

延長にして一里はたっぷりあったと思われる、道々の花の景色、その間に千代子の味った不思議な感情、作者はそれをただ、夢とのみ、或は瑰麗《かいれい》なる悪夢とのみ、形容するの外はありません。

そして、遂に彼等が運ばれたのは、巨大なる花の擂鉢《すりばち》の底でありました。

そこの景色の不思議さは、擂鉢の縁《ふち》に当る、四周の山の頂から、滑かな花の斜面を伝って、雪白《せっぱく》の肉塊が、団子《だんご》の様に珠数《じゅず》継《つな》ぎにころがり落ちて、その底にたたえられた浴槽の中へしぶきを立てていることでした。そして、彼女等は、擂鉢の底の湯気《ゆげ》の中を、バチャバチャと跳ね廻りながら、あののどかな歌を合唱するのです。

いつ着物を脱がされたのか、殆ど夢中の間に、千代子等《ら》も華やかな浴客達に混って、快い湯の中につかっていました。不自然な衣服を着けていることが、寧ろ恥かしくなるこの世界では、千代子も彼女自身の裸体を殆ど気にしないでいられたのです。そして、彼等を乗せた裸女達は、ここでこそ文字通り蓮台の役目を勤め、長々と寝そべって、首から下を湯につけた二人の主人を、彼女達の肉体によって支えなければなりませんでした。

それから、名状の出来ぬ一大混乱が始ったのです。肉塊の滝つ瀬は、益々その数《すう》を増し、道々の花は踏みにじられ、蹴散《けち》らされて、満目の花吹雪《ふぶき》となり、その花びらと湯気としぶきとの濛々《もうもう》と入乱れた中に、裸女の肉塊は、肉と肉とを擦《す》り合せて、桶《おけ》の中の芋《いも》の様に混乱して、息も絶え絶えに合唱を続け、人津波《ひとつなみ》は、或は右へ或は左へと、打寄せ揉み返す、その真只中《まっただなか》に、あらゆる感覚を失った二人の客が、死骸の様に漂っているのでした。

二十一

そうして、いつの間にか夜が来たのです。乳色であった空は、夕立雲の黒色《こくしょく》に変り、百花の乱れ咲いた、なまめかしき丘々も、今は物凄い黒入道《くろにゅうどう》と聳《そび》え、あの騒がしい人肉の津浪も、合唱も、引潮の様に消え去って、夜目にもほの白く立昇る湯気の中には、廣介と千代子とただ二人が取残されていました。彼等の蓮台を勤めた女共も、ふと気がつくと、もう影も形も見えないのです。その上、この世界を象徴するかに見えた、あの一種異様の妖艶な音楽も、余程以前から聞えないのです。底知れぬ暗闇と共に、黄泉《よみじ》の静寂が、全世界を領していました。

「マア」

やっと人心《ひとごころ》ついた千代子は、幾度《いくたび》となく繰返した感嘆詞を、もう一度繰返さないではいられませんでした。そして、ほっと息をつくと、今まで忘れていた恐怖が、吐き気の様に、彼女の胸にこみ上げて来たのです。

「サア、あなた、もう帰りましょうよ」

彼女は暖い湯の中で震えながら、夫の方をすかして見ました。水面から首丈けが、黒いブイの様に浮上って、彼女の言葉を聞いても、それは動きもしなければ、何の返事をもしないのです。

「あなた、そこにいらっしゃるのは、あなたですわね」

彼女は恐怖の叫声を上げて、黒い塊《かたまり》の方へ近より、その頸《くび》と覚しきあたりを捉《とら》えて、力一杯ゆすぶるのでした。

「ウゥ、帰ろう。だが、その前にもう一つ丈けお前に見せたいものがあるのだよ。まあそう怖がらないで、じっとしているがいい」

廣介は、何か考え考え、ゆっくりと答えました。その答え方が一層千代子を恐れさせたのです。

「私、今度こそ本当に、もう我慢が出来ませんわ。私は怖いのです。ごらんなさいな。こんなに身体が震えていますのよ。もうもうこんな恐しい島になんか、一時《いっとき》だって我慢が出来ませんわ」

「本当に震えているね。だが、お前は何がそんなに恐しいのだい」

「何がって、この島にある不気味な仕掛けが恐しいのです。それをお考えなすったあなたが恐しいのです」

「私がかい」

「ええ、そうですのよ。でも、お怒《おこ》りなすっては厭《いや》ですわ。私にはこの世の中にあなたの外《ほか》には何にもないのです。それでいて、この頃は、どうかしたはずみで、ふとあなたが恐しくなるのです。あなたが本当に私を愛して下さるかが疑わしくなって来るのです。こんな不気味な島の、暗闇の中で、ひょっとして、あなたが、実はお前を愛していないのだなんて、おっしゃりはしないかと思うと、私はもう恐《こわ》くて怖《こわ》くて……」

「妙なことを云い出したね。お前はそれを今云わない方がいいのだよ。お前の心持は私にもよく分っているのだ。こんな暗闇の中でどうしたもんだ」

「だって、今丁度そんな気がし出したのですもの。多分私、あんな色々なものを見て、興奮してますのね。そして、いつもよりは思ったことが云える様な気持なのですわ。でも、あなたお怒りなさらないでね。ね」

「お前が私を疑っていることは、よく知っているよ」

千代子は、この廣介の口調にハッとして、突然口をつぐみました。不思議なことには、彼女はいつであったか、現実にか、或は夢の中でか、そっくりこの通りの情景を経験したことがある様に思われて来ました。それは何かしら、彼女がこの世に生れて来る以前の出来事らしくもあるのです。その時も、彼等は地獄の様な暗闇の中で、湯の上に首丈けを出して、小さな小さな二人の亡者の様に向き合っていました。そして、相手の男はやっぱり、「お前が私を疑っていることは、よく知っているよ」と答えたのです。その次に、彼女はどんなことを云ったか、男がどんな態度を示したか、或はどんな恐しい終局であったか、そうしたあとのことは、はっきり分っている様でいて、さてどうしても思出せないのです。

「私はよく知っているのだよ」

廣介は、千代子が黙したのを、追駆ける様に繰返しました。

「いいえ、いいえ、いけません、もうおっしゃらないで下さいまし」千代子は、廣介が続け:相にするのを押止めて叫びました。「私は、あなたとお話するのが怖いのです。それよりも、何もおっしゃらないで、早く、早く私をつれ帰って下さいまし」

その時でした。暗闇を裂く様な、烈しい音響が耳をつんざいたかと思うと、いきなり夫の首に取りすがった千代子の頭上に、パリパリと火花が散って、化物の様な五色《ごしき》の光物《ひかりもの》が拡ったのです。

「驚くことはない。花火だよ。私の工夫したパノラマ国の花火だよ。ソレごらん。普通の花火と違って、私達のは、あんなに長い間、まるで空に映した幻燈の様にじっとしているのだよ。これだよ、私がさっきお前に見せるものがあると云ったのは」

見れば、それは廣介の云う通り、丁度雲に映った幻燈の感じで、一匹の金色《こんじき》に光った大《おお》蜘蛛《ぐも》が、空一杯に拡っているのです。しかも、それが、はっきりと描かれた八本の足の節々を、異様に蠢《うごめ》かせて、徐々に彼等の方へ落ちて来るのでした。仮令それが火を以て描かれた絵とは云え、一匹の大蜘蛛が真暗な空を覆って、最も不気味な腹部をあらわに見せて、もがき乍《なが》ら頭上に近づいて来る景色は、ある人にとっては、こよなき美しさであろうとも、生来蜘蛛嫌いの千代子には、息づまる程恐しく、見まいとしても、その恐しさに、やっぱり不思議な魅力があってか、ともすれば彼女の目は空に向けられ、その都度都度《つど》、前よりは一層間近く迫る怪物を見なければならぬのでした。そして、その景色そのものよりも、もっともっと彼女を震い上らせたのは、この大蜘蛛の花火をも、彼女はいつかの経験の中《うち》で見ていた、あれも、これも、すっかり二度目だという意識でした。

「私はもう花火なんか見たくはありません。そんなにいつまでも私を怖がらせないで、本当に、帰らせて下さいまし。サア、帰りましょうよ」

彼女は歯の根をかみしめて、やっと云うのでした。併し、その時分には、火の蜘蛛は、もう跡方《あとかた》もなく闇の中へ溶込んでいたのです。

「お前は花火までが怖いのかい。困った人だな。今度はあんな気味の悪いのではなくて綺麗な花が開く筈だ。もう少し辛抱して見るがいい。ソラ、この池の向側に黒い筒が立っていたのを覚えているだろう。あれが煙火《はなび》の筒なんだよ。この池の下に私達の町があって、そこから私の家来達が花火を揚げているのだよ。ちっとも、不思議なことも、怖いこともありゃしない」

いつか廣介の両手が、鉄の締木《しめぎ》の様に、異様な力を以て、千代子の肩を抱き締めていました。彼女は今は、猫の爪にかかった鼠の様に、逃げようとて逃げることも出来ないのです。

「アラ」それを感ずると、彼女はもう悲鳴を揚げないではいられませんでした。「ご免なさい。ご免なさい」

「ご免なさいだって、お前は何をあやまることがあるんだい」廣介の口調は段々一種の力を加えて来ました。「お前の考えていることを云ってごらん。私をどんな風に思っているか、正直に云ってごらん。サア」

「ああ、とうとう、あなたはそれをおっしゃいました。でも、私は今は怖くって怖くって」

千代子の声は泣きじゃくる様に、途切れ途切れでした。

「だが、今が一番いい機会なのだ。私達の側《そば》には誰もいない。お前が何を云おうと、お前が恐れている様に、世間には聞えないのだ。私とお前の間に、何のかくし立てがいるものか。サア、一思いに云ってごらん」

真暗な谷間の浴槽の中で、不思議な問答が始ったのです。その情景が異常である丈け、二人の心持には、多少狂気めいた分子が加わっていなかったとは云えません。殊に千代子の声は、もう妙に上ずっていたのです。

「では申上げますが」千代子はふと人が変った様に、雄弁に喋《しゃべ》り始めました。「打開けて申しますと、私もあなたから聞きたくって聞き度《た》くって仕様がなかったのです。どうかそんなにじらさないで、本当のことをおっしゃって下さいまし。……あなたは若しや菰田源三郎とは、全く別な方ではなかったのですか。サア、それを聞かせて下さいまし。あの墓場から生き返っていらしってからというもの、長い間私は、あなたが本当のあなたかどうかを疑っていたのでございます。源三郎はあなたの様な恐しい才能を、まるで持ってはいませんでした。この島へ来ます以前から、私はもう、多分あなたも御気附きになっていらっしゃることで、半分はその疑いを確めて居りました。それに、ここの色々の気味の悪い、それでいて、不思議と人を惹きつける景色を見ますと、あとの半分の疑いも、はっきり解けて了った様に思うのでございます。サア、それをおっしゃって下さいまし」

「ハハハハハハ、お前はとうとう本音を吐いたね」廣介の声音《こえ》は、いやに落ちついていましたが、どこか自暴自棄の調子を隠すことは出来ませんでした。「私は飛んだ失敗をやったのだ。私は愛してはならぬ人を愛したのだ。私はどんなにそれを堪《こら》え堪えしただろう。だが、もう一寸という所で、とうとう辛抱が出来なかった。そして、私の心配した通り、お前は私の正体を悟って了ったのだ。……」

　それから、廣介は、彼も亦憑《つ》かれた者の雄弁を以て、彼の陰謀の大略を物語るのでした。その間にも、何も知らぬ地下の花火係は、主人達の目を喜ばせようと、用意の花火丸《だま》を、次から次へ打上げていました。或は奇怪なる動物共の、或は瑰麗《かいれい》なる花形の、或は荒唐無稽な様々の形の、毒々しく青に赤に黄に、闇の天空にきらめき渡る火焔は、そのまま谷底の水面を彩《いろど》り、その中にポッカリ浮上っている、二つの西瓜《すいか》の様な彼等の頭を、その表情の微細な点に至るまで、舞台の着色照明そのままに、異様に映し出すのでした。

一心に喋り続ける廣介の顔が、或る時は酔っぱらいの赤面《あかづら》となり、或る時は死人の様に青ざめ、或る時は黄疸病《おうだんや》みの物凄い形相を示し、又ある時は真暗闇の中の声のみとなり、それが奇怪なる物語の内容と入れ混って、極度に千代子を脅《おびや》かすのでした。千代子は余りの恐さに堪《た》えがたくなって、幾度か、その場を逃げ出そうと試みたのですが、廣介の物狂わしき抱擁《ほうよう》はいっかな彼女を離すことではありませんでした。

二十二

「お前は、どの程度まで私の陰謀を察していたか知らない。敏感なお前は定めし可也《かなり》深い所まで想像を廻《めぐ》らしてもいただろう。だが、流石のお前も、私の計画なり理想なりが、これ程根強いものとは、まさか知らなかっただろうね」

物語りを終ると、丁度その時は真赤な花火が、まだ消えやらず空を染めていましたが、その赤鬼の形相を以て、廣介はじっと千代子を睨みつけるのでした。

「帰して、帰して――」

千代子は、もうさい前から、外聞を忘れて、泣きわめきながら、ただこの一ことを繰返すばかりでした。

「聞け、千代子」廣介は彼女の口をふさぐ様にして、怒鳴りつけました。「こんなに打開けて了ってから、お前をただ帰すことが出来ると思っているのか。お前はもう俺を愛さないのか。昨日まで、いやたった先程まで、お前は俺が本当の源三郎であるかどうかを疑いながら、やっぱり俺を愛していたではないか。それが、俺が正直に告白をして了うと、もう俺を仇敵《かたき》の様に憎み恐れるのか」

「離して下さい。帰して下さい」

「そうか、じゃあ、お前はやっぱり、俺を夫の讐《かたき》だと思っているのだな。菰田家の仇《あだ》と思っているのだな。千代子、よく聞くがいい。俺はお前がこの上もなく可愛い。一層《いっそ》お前と一緒に死んで了い度い程に思っているのだ。だが、俺にはまだ未練がある。人見廣介を殺し、菰田源三郎を蘇生させる為に、俺はどれ程の苦心をしたか。そしてこのパノラマ国を築くまでにどの様な犠牲を払ったか。それを思うと、今一月程で完成するこの島を見捨てて死ぬ気にはなれない。だから、千代子、俺はお前を殺す外《ほか》に方法はないのだ」

「殺さないで下さい」それを聞くと千代子はかれた声をふり絞って叫ぶのです。「殺さないで下さい。何でもあなたのおっしゃる通りにします。源三郎として今までの様にあなたにつかえます。誰にも云いません。これから先も口へは出しません。どうか殺さないで下さい」

「それは本気か」煙火《はなび》の為に真青に彩られた廣介の顔の、目ばかりが紫色にギラギラと輝いて、突き通す様に千代子を睨みつけました。「ハハハハハハハ、駄目だ、駄目だ。俺はもう、お前が何と云おうが、信ずることは出来ないのだ。ひょっとしたら、お前はまだ幾らかは俺を愛していてくれるかも知れない。お前の云うことが本当かも知れない。だが何の証拠があるのだ。お前を生かして置いては俺の身が亡《ほろ》びるのだ。よし又、お前は他人に知らせぬ積《つも》りでいても、俺の告白を聞いて了った以上、女のお前の腕前では、迚も俺だけの虚勢がはれるものではない。いつとなくお前のそぶりがそれを打開けて了うのだ。どっちにしても、俺はお前を殺す外に方法はないのだ」

「いやです、いやです。私には親があるのです。兄弟があるのです。助けて下さい、後生です。本当に木偶《でく》の坊《ぼう》の様に、あなたの云いなり次第になります。離して、離して」

「そら見ろ。お前は命が惜しいのだ。お前は俺の犠牲になる気はないのだ。お前は俺を愛してはいないのだ。源三郎丈けを愛していたのだ。いや、仮令源三郎と同じ顔形の男を愛することが出来ても、悪人のこの俺丈けは、どうしても愛せないのだ。俺は今こそ分った。俺はどうあってもお前を殺す外はない」

そして、廣介の両腕は、千代子の肩から徐々に位置を換えて、彼女の首に迫って行くのでした。

「ワワワワワワ、助けて……」

千代子はもう無我夢中でした。彼女はただ身を逃れることの外は考えなかったのです。遠い祖先から受継いだ護身の本能は、彼女をして、ゴリラの様に歯をむかせました。そして、殆ど反射的に、彼女の鋭い、犬歯《けんし》は、廣介の二の腕深く喰い入ったのです。

「畜生《ちくしょう》ッ」

廣介は思わず手をゆるめないではいられませんでした。その隙に、千代子は日頃の彼女からはどうしても想像することの出来ない、す早さで、廣介の腕をくぐり抜けると、恐しい勢で、海豹《かいひょう》の様に水中を跳ねて、真暗な彼方の岸へと逃れました。

「助けて……」

劈《つんざ》く様な悲鳴が四周《あたり》の小山に響き渡りました。

「馬鹿、ここは山の中だ。誰が助けに来るものか、昼間の女共は、もうこの地の底の部屋に帰ってぐっすり寐込んでいるだろう。それに、お前は逃げ道さえ知らないのだ」

廣介は態と余裕を見せて、猫の様に彼女へ近寄るのです。地上には何者もいないことは、この王国の主《あるじ》である彼にはよく分っていました。少しばかり心配なのは、彼女の悲鳴が、花火の筒を通して、遥かの地下へ伝わりはしないかということでしたが、幸いにも彼女の上陸したのは、それの反対側でしたし、又地下の花火打上《うちあげ》装置のすぐ側には、発電用のエンジンがひどい音を立てていて、滅多に地上の声などが聞える筈はないのでした。それにもっと安心なのは、丁度今十幾発目かの花火が打上げられて、さっきの悲鳴はその音の為に、殆ど打消されて了ったことです。

まだ消えやらぬ、金色《こんじき》の火焔は、あちこちと出口を探して逃げ惑う千代子の痛ましい姿を、まざまざと映し出しています。廣介は一飛びに彼女の身体に飛びついて、そこへ折重なって倒れると、何の苦もなくその首に両手を廻すことが出来ました。そして、彼女が第二の悲鳴を発する前に、彼女の呼吸はもう苦しくなっていたのです。

「どうか許してくれ、俺は今でもお前を愛している。だが俺は余り慾が深いのだ。この島で行われる数々の歓楽を見捨てることが出来ないのだ。お前一人の為に身を亡す訳には行かぬのだ」

果てはぽろぽろと涙をこぼして、廣介は「許してくれ、許してくれ」を連呼しながら、益々固く腕を締めて行きました。彼の身体の下では、肉と肉とを接して、裸体の千代子が、網にかかった魚の様に、ピチピチと躍っているのです。

人工花山《はなやま》の谷底、あたたかく匂やかな湯気の中で、奇怪なる花火の五色の虹を浴び、ざれ狂う二匹の獣《けだもの》の様に、二人の裸体がもつれ合う。それは恐しい人殺しなんかではなくて、寧ろ酔いしれた男女の裸踊りとも眺められたのです。

追い廻す腕、逃げまどう肌、ある時は、密着した頬と頬との間に、塩《しお》っぱい涙が混り合い、胸と胸とが狂わしき動悸《どうき》の拍子を合せ、その滝つ瀬のあぶら汗は、二人の身体をなまこの様なドロドロのものに解きほぐして行くかと見えました。

闘争というよりは、遊戯の感じでした。「死の遊戯」というものがあるならば、正《まさ》しくそれでありましょう。相手の腹にまたがって、その細首をしめつけている廣介も、男のたくましい筋肉の下で、もがきあえいでいる千代子も、いつしか苦痛を忘れ、うっとりとした快感、名状出来ない有頂天に陥って行くのでした。

やがて、千代子の青ざめた指が、断末魔の美しい曲線を描いて、幾度か空《くう》を摑み、彼女のすき通った鼻の穴から、糸の様な血のりが、トロトロと流れ出ました。そして、丁度その時、まるで申合せでもした様に、打上げられた花火の、巨大な金色《こんじき》の花弁《かべん》は、クッキリと黒天鵞絨《ビロード》の空を区切って、下界の花園や、泉や、そこにもつれ合う二つの肉塊を、ふりそそぐ金粉の中にとじこめて行くのでした。千代子の青白い顔、その上に流れる糸の様に細く、赤漆《あかうるし》の様につややかな、一筋の血のり、それがどんなに静にも美しく見えたことでしょう。

二十三

人見廣介がT市の菰田邸に帰らなくなったのは、その日からでした。彼は全くパノラマ国の住人として——この物狂わしき王国の君主として、沖の島に永住することになりました。

「千代子はこのパノラマ国の女王様だ。人間界へは決して二度と姿を見せないだろう。お前はこの島にある群像の国を見ただろうか。時として千代子は、あの目まぐるしく林立した裸体像の一人になりすましていることもあるのだよ。そうでない時には海の底の人魚か、毒蛇の国の蛇使いか、花園に咲き乱れた花の精か、そして、その様な遊びにも飽き果てると、この壮麗な宮殿の奥深く、錦のとばりに包まれた、栄耀栄華《えいようえいが》の女王様だ。この楽園の生活を、どうして彼女が好まないことがあろう。彼女は丁度昔話の浦島太郎《うらしまたろう》の様に、時を忘れ、家を忘れてこの国の美しさに陶酔しているのだ。お前方《がた》はちっとも心配なぞすることはないのだよ。お前のいとしい主人は、今幸福の絶頂にあるのだから」

千代子の年とった乳母《うば》が主人の安否を気遣《きづか》って、態々《わざわざ》沖の島へ彼女をお迎いにやって来た時、廣介は、島の地下を穿《うが》って建築した壮麗な宮殿の玉座に坐って、まるで一国の帝王がその臣下を引見《いんけん》する様な、おごそかな儀礼を以て、この昔物《むかしもの》の老婆を驚かせました。老婆は廣介の美しい言葉に安堵《あんど》したのか、それとも、その場の光景の物々しさにうたれたのか、返す言葉もなく引下る外はなかったのです。

凡てがこの調子でありました。千代子の父には重ね重ねの莫大な引出物《ひきでもの》、その外の親類縁者には、あるものには経済上の圧迫、あるものにはその反対に惜しげもない贈物、それから官辺《かんぺん》へのつけ届けなども、角田老人の手によって、抜かりなく実行されていたのです。

一方島の人々は、千代子女王の姿を垣間《かいま》見ることさえ許されませんでした。彼女は昼も夜も、地下の宮殿の奥深く、廣介の居間の裏側の、重いとばりの蔭にかくれ、何人たりとも、その部屋に入ることを禁ぜられていたのです。でも、主人の異常な嗜好《しこう》を知っている島の人々は、定めしそのとばりの奥には、王様と女王様丈けの、歓楽と夢の世界が秘められているのであろうと、ニヤニヤ笑いながら噂し合う位で、誰一人疑いを抱くものとてもありません。一体島の人達は、数人の男女を除いては、千代子の顔をはっきり見知っている者もなく、ふと行きずりに女王様のお姿を見たところで、それが果して本当の千代子かどうかを見分ける力もないのでした。

斯様《かよう》にして、殆ど不可能な事柄がなしとげられたのです。廣介は菰田家の限りなき財力によって、あらゆる困難に打勝ち、凡ての破綻を取りつくろうことが出来ました。今まで貧乏だった親類縁者が忽《たちま》ちにして俄分限《にわかぶげん》となり、みじめだった曲馬団の踊子、活動女優、女歌舞伎達は、この島では日本一の名優の様に好遇され、若い文士、画家、彫刻家、建築師達は、小さな会社の重役程の手当を受けているのです。仮令そこが恐しい罪の国であったとしても、その人達にどうしてパノラマ島を見捨てる勇気がありましょう。

そして、遂に地上の楽園は来たのでした。

類《たぐい》を絶したカーニバルの狂気が、全島を覆い始めました。花園に咲く裸女の花、湯の池に乱れる人魚の群、消えぬ花火、息づく群像、踊り狂う鋼鉄製の黒怪物、酩酊《めいてい》せる笑い上戸《じょうご》の猛獣共、毒蛇の蛇踊り、その間をねり歩く美女の蓮台、そして、蓮台の上には、錦《にしき》の衣《きぬ》に包まれたこの国々の王様、人見廣介の物狂わしき笑い顔があるのです。

蓮台は時として、島の中央に完成したコンクリートの大円柱の、それには一面に青い蔦《つた》が這い、その間をこれは又鉄の蔦の様な螺旋《らせん》階が、ネジネジと頂上まで続いているのですが、その螺旋階をよじ昇ることもありました。

そこの頂上の奇怪な蕈形《きのこがた》の傘の上からは、島全体を、遥かなる波打際《なみうちぎわ》まで一目に見渡すことが出来たのですが、その眺望の不可思議を何に例えたらよいのでしょう。下界でのあらゆる風景は、螺旋階を昇ると共に消え去って、花園も池も森も人も、ただ見る幾重畳《いくちょうじょう》の大岸壁と変り、頂上からは、それらの紅がら色の岸壁が丁度一輪の花の各々《おのおの》の花弁の形で、遥かの波打際まで重なり合って見えるのです。パノラマ国の旅人は、様々の奇怪な景色の後で、この思いも設《もう》けぬ眺望に、又しても一驚を吃《きっ》しなければなりません。それは例えば、島全体が、大海に漂う一輪の薔薇《ばら》でありましょうか、巨大なる阿片の夢の真紅の花が、空《そら》なるおてんとう様と、たった二人で、対等の交際をしているのです。その類《たぐい》なき単調と巨大とが、どの様に不思議な美しさを醸し出していたか。ある旅人はともすれば彼の遠い遠い祖先が見たであろう所の、かの神話の世界を思い出したかも知れないのですが、……

それらのすばらしい舞台での日夜を分《わか》たぬ狂気と淫蕩《いんとう》、乱舞と陶酔の歓楽境、生死《しょうじ》の遊戯の数々を、作者は如何に語ればよいのでありましょう。それは恐らく、読者諸君のあらゆる悪夢の内、最も荒唐無稽で、最も血みどろで、そして最も瑰麗なるものに、幾分似通《にかよ》っているのではないかと思われるのですが。

二十四

読者諸君、この一篇のお伽噺は、ここに目出度《めでた》く大団円を告げるべきでありましょうか。人見廣介の菰田源三郎は、かくして彼の百歳まで、この不可思議なパノラマ国の歓楽に耽り続けることが出来たのでありましょうか。いやいや、そうではなかったでしょう。古風な物語の癖として、クライマックスの次には、カタストロフィという曲者《くせもの》が、ちゃんと待ち構えていた筈です。

ある日のこと、人見廣介は、ふと、何故《なにゆえ》とも知らぬ不安に襲われたのでした。それは若しかしたら、世に云う勝利者の悲哀であったかも知れません。絶え間なき歓楽から来た一種の疲労であったかも知れません、或は又、過去の罪業に対する心の底の恐怖が、ソッと彼のうたた寝の夢を襲ったのであったかも知れません。併し、その様な理由の外に、ある一人の男が、その男の身辺を包む空気と一緒に、ソッとこの島へ持って来た、不思議な凶《きよう》兆《ちよう》とも云うべきものが、或は廣介のこの不安の最大の原因ではなかったのでしょうか。

「オイ君、あの池の側《そば》にボンヤリ立っている男は、一体誰なのだ。一向見覚えのない男だが」

彼は最初その男を、花園の湯の池のほとりに見出しました。そして、側に侍《はべ》っていた一人の詩人にこう尋ねたのです。

「御主人は御見忘れになりましたか」詩人が答えて云うのには、「あれは私共と同じ様な文学者なのです。二度目に御傭《おやと》いなすった内の一人なのです。この間暫く国へ帰ったとかで、見かけなかった様ですが、多分今日の便船で帰って来たのではありますまいか」

「アア、そうだったか。そして、名前は何というのだ」

「北見小五郎とか申しました」

「北見小五郎、私は一向思い出せないが」

その男が不思議に記憶に残っていないことも、何かの凶兆ではなかったのでしょうか。それからというもの、廣介はどこにいても、北見小五郎という文学者の目を感じました。花園の花の中から、湯の池の湯気の向うから、機械の国ではシリンダーの蔭から、彫像の園では群像の隙間から、森の中の大樹の木蔭から、彼はいつでも廣介の一挙一動を見つめている様に思われました。

そしてある日のこと、かの島の中央の大円柱の蔭で、廣介は余りのことに、遂にその男を捉えたのでした。

「君は北見小五郎とか云ったね、僕が行く所には、いつでも君がいるというのは、少しばかりおかしい様に思うのだが」

すると、憂鬱な小学生の様に、ボンヤリと円柱に凭《もた》れていた相手は、青白い顔を少し赧《あか》らめながら、うやうやしく答えるのです。

「イエ、それはきっと偶然でございましょう。御主人」

「偶然？　多分君の云う通りなのであろう。だが、君は今そこで何を考えていたのだね」

「昔読んだ小説のことを考えて居りました。非常に感銘の深い小説でした」

「ホウ、小説？　なる程君は文学者だったね。して、それは誰の何という小説なのだね」

「御主人は多分御存じありますまい。無名作家の、しかも活字にならなかったものですから。人見廣介という人の『RAの話』という短篇小説なのです」

　廣介は突然昔の名前を呼ばれた位で驚くには、余りに鍛錬《たんれん》を経ていました。彼は相手の意外な言葉に、顔の筋一つ動かさないで、それればかりか、はからずも、彼の昔の作物《さくぶつ》の愛読者を見出した、不思議な喜びをさえ感じながら、懐しく言葉を続けるのでありました。

「人見廣介、知っているよ。お伽噺の様な小説を書く男であったが、あれは君、僕の学生時代の友達なのだよ。友達といっても、親しく話したこともないのだけれど。だが、『RAの話』というのは読まなかった。君はどうしてその原稿を手に入れたのだね」

「そうですか、では御主人のお友達だったのですか。不思議なこともあるものですね。『RAの話』は一九――年に書かれたのですが、その頃は御主人はもうT市の方へ御帰りなすっていたのでしょうね」

「帰っていた。その二年ばかり前に分れた切り、人見とはすっかり御無沙汰《ごぶさた》になっている。

だから、彼が小説を書き出したことも、雑誌の広告で知った位なのだよ」

「では、学生時代にも余りお親しい方《ほう》ではなかったのですか」

「まあそうだね。教室で顔を合せれば挨拶を交す程度の間柄だった」

「私はこちらへ来るまで、東京のK雑誌の編輯局にいたのです。その関係から人見さんとも知合いになり、未発表の原稿も読んでいる訳ですが、この『RAの話』というのは私などは実に傑作だと思っているのですけれど、編輯長が余りに濃艶な描写を気遣って、つい握りつぶしてしまったのです。それというのが、人見さんはまだ駆け出しの、名もない作者だったものですから」

「それはおしいことだったね。して、人見廣介はこの頃ではなにをしているかしら」

廣介は「この島へ呼んでやってもいいのだが」とつけ加えたいのを、やっと我慢したのです。それ程彼は、彼自身の旧悪については、自信があり、真《しん》から菰田源三郎になり切っているのでした。

「まだ御存じないと見えますね」北見小五郎は感慨深く云うのです。「あの人は昨年自殺をしてしまったのです」

「ホウ、自殺を？」

「海へはまって死んだのです。遺書があったので自殺ということが分りました」

「何かあったのだね」

「多分そうでしょう。私には分りませんが。……それにしても、不思議なのは、御主人と人見さんと、まるで双児《ふたご》の様によく似ていることです。私は始めてこちらへ参った時、若しや人見さんがこんな所に隠れていたのではないかとびっくりした程でした。無論御主人もそのことは御気づきでしょうね」

「よくひやかされたものだよ。神様がとんだいたずらをなさるものだから」

廣介はさもらいいらくに笑って見せました。北見小五郎も、それにつれて、おかしくてたまらぬ様に笑いました。

その日は空が一面に鼠色の雨雲に覆われ、嵐の前といった、いやに静な、ソヨリとも風のない、それでいて島のまわりには、波が獣のうなり声で、不気味に泡立っている様な天候でした。

影のない大円柱は、低い黒雲への、悪魔のきざはしの様に、そそり立って、五抱《いつかか》えもあるその根本の所に、小さな二人の人間が、しょんぼりと話し合っていました。いつもは裸女の蓮台に乗るか、そうでなければ数人の召使を引きつれている廣介が、この日に限って一人ぽっちでここへ来たのも、一傭人《やといにん》に過ぎない北見小五郎と、こんな長話を始めたのも、不思議と云えば不思議でした。

「本当に、まるで瓜二つです。それに、似ていると云えば、まだ妙なことがあるのです」

北見小五郎は、段々ねばり強く話込んで来るのでした。

「妙なとは？」

廣介も、何かこのまま分れてしまう気にはなれないのです。

「今の『RAの話』という小説がです。ですが、御主人は若しや、人見さんから、その小説の筋の様なものをお聞きなすったことはないのでしょうか」

「イヤ、そんなことはない。さっきも云う通り、人見とはただ学校が同じだったに過ぎない。つまり教室での知合いなのだから、一度だって深く話し合ったことなんかありゃしないのだよ」

「本当でしょうか」

「君は妙な男だね。僕が嘘を云う訳もないではないか」

「ですが、あなたはそんな風に云切っておしまいなすっていいのでしょうか。若しや後悔なさる様なことはありますまいか」

この北見の異様な忠告を聞くと、廣介は何かしらゾッとしないではいられませんでした。でも、それが何であるか、分り切ったことを胴忘れした様で、不思議と思い出せないのです。

「君は一体何を……」

廣介は云いさして、ふと口をつぐみました。ぼんやりと、ある事が分りかけて来たのです。彼の顔は青ざめ、呼吸はせわしくなり、脇の下に冷いものが流れました。

「ソラね、少しずつお分りでしょう。私という男が何の為にこの島へやって来たかが」

「分らない、君のいうことは少しも分らない。狂気めいた話は止《よ》しにしてくれ給え」

そして廣介は又笑いました。併しそれはまるで幽霊の笑い声の様に力のないものでした。

「お分りにならなければ、お話しましょう」北見は少しずつ召使の節度を失って行く様に見えました。『ＲＡの話』という小説の幾つかの場面とこの島の景色とが、どこからどこまで、全く同じだというのです。それは丁度あなたが人見さんに生写しである様に、生写しなのです。若しあなたが人見さんの小説も読まず、話も聞いていらっしゃらぬとしたら、この不思議な一致はどうして起ったのでしょう。暗合というには余りに一致しているのです。このパノラマ島の創作は、『ＲＡの話』の作者と寸分違《たが》わぬ思想と興味を持った人でなくては出来ないのです。いくらあなたと人見さんと顔形が似ているといって、思想まで全然同一だとは余り不思議ではありませんか。私は今それを考えていたのですよ」

「それで、どうだというのです」

廣介は呼吸をつめて相手の顔を睨みつけました。

「まだお分りになりませんか。つまりあなたは菰田源三郎でなくて、その人見廣介に相違ないというのです。若しあなたが『ＲＡの話』を読んでいるとか聞いているかしたならば、それを真似てこの島の景色を作ったと云いのがれるすべもあったでしょう。ところがあなたは今、そのたった一つの逃れ道を御自分でふさいでおしまいなすったではありませんか」

廣介は相手の巧みなわなにかかったことを悟りました。彼はこの大事業に着手する前、一応自作の小説類を点検して、別段禍《わざわい》を残す様なもののないことを確めて置いたのですが、握りつぶしになった投書原稿のことまでは気づかなかったのです。「RAの話」なんていう小説を書いたことすら殆ど忘れていた位です。この物語の最初にも述べた様に、彼は書く原稿も書く原稿も大抵は握りつぶしにされた様な、哀れな著述家であったのですから。が、今北見の言葉によって思い出せば、彼は確にその様な小説を書いていました。人工風景の創作ということは、彼の多年の夢であったのですから、その夢が一方では小説となり、一方ではその小説と寸分違わぬ実物として現れたとて、少しも不思議はないのでした。あれ程考えに考えた彼の計画にも、やっぱり手抜りがあったのです。それがこともあろうに没書になった原稿だったとは。彼は悔んでも悔み足りぬ思いでした。

「アア、もう駄目だ。とうとうこいつの為に正体を見現《みあらわ》されたかも知れない。だが、待てよ。こいつの握っているのはたかが一篇の小説じゃあないか。まだへこたれるには少し早いぞ。この島の景色が他人の小説に似ていたとて、何も犯罪の証拠にはならないのだから」

廣介は咄嗟の間に、心を定めて、ゆったりした態度を取返すことが出来ました。

「ハハハハ……、君もつまらない苦労をする男だね。僕が人見廣介だって？　ナニ人見廣介だって一向構いはしないが、どうも僕は菰田源三郎に相違ないのだから、致方《いたしかた》がないね」

「イヤ、私の握っている証拠がそれ丈けだと思っては、大間違いですよ。私は何もかも知っている。知ってはいるのだけれど、あなた自身の口から白状させる為に、こんな廻りくどい方法を採《と》ったのです。いきなり警察沙汰なんかにしたくない理由《わけ》があったものですから。という訳は、私はあなたの芸術には心から敬服しているのです。いくら東小路《ひがしこうじ》伯爵夫人のお頼みだからといって、この偉大な天才を、むざむざ浮世《うきよ》の法律なんかに裁かせたくないからです」

「すると、君は東小路からの廻し者なんだね」

廣介はやっと意味を悟ることが出来ました。源三郎の妹のとついでいる東小路伯爵というのは、数多《あまた》の親族の中《うち》で、金銭の力で自由に出来ない、たった一人の例外だったのです。北見小五郎はその東小路夫人の手先の者に相違ありません。

「そうです。私は東小路夫人の御依頼によって来ているものです。日頃お国の方《ほう》とは殆ど御交際のない東小路夫人が、遠くからあなたの行動を監視なすっていたとは、あなたにしても意外でしょうね」

「イヤ、妹が僕にとんでもない疑いをかけているのが意外だよ。逢って話して見ればすぐ分ることなんだが」

「そんなことをおっしゃった所で、今更ら何の甲斐があるものですか。『RAの話』は私があなたを疑い始めたほんのきっかけに過ぎないので、本当の証拠は外《ほか》にあるのですから」

「では、それを聞こうではないか」

「例えばですね」

「例えば？」

「例えば、このコンクリートの壁にくっついている一本の髪の毛ですよ」

北見小五郎はそういって、かたわらの大円柱の表面の蔦を分けて、その間に見える白い地肌から、優曇華《うどんげ》の様に生えている、一本の長い髪の毛を見せました。

「あなたは多分、これが何を意味するか御承知でしょうね。……、オットそれはいけません。あなたの指が引金にかからぬ先に、ごらんなさい。私の弾が飛び出しますよ」

北見はそういって、右手に持った光るものをさしつけました。廣介はポケットに手を入れたまま化石した様に、動けないのです。

「私はこの間から、この一本の髪の毛について考えつづけていたのです。そして、今あなたとお話ししている間に、やっと真相にふれることが出来ました。この髪の毛は一本丈け放れたものでなくて、奥の方で何かに続いているということを確めることが出来たのです。では今それをためして見ましょうか」

北見小五郎は云うかと思うと、やにわにポケットから大形のジャック・ナイフを取り出して、髪の毛の下のあたりを目がけて、力まかせに突き立て突き立てしたのです。するとコンクリートがバラバラとこぼれて、やがて厳乗な刃物が半《なか》ばもかくれたかと思うと、その刃先を伝《つたわ》って、真赤な液体がタラタラと流れ出し、見るまに白いコンクリートの表面にあざやかな一輪の牡丹《ぼたん》の花が咲いたのです。

「掘り返して見るまでもありません。この柱には人間の死体が隠してあるのです。あなたの、いや菰田源三郎氏の夫人の死体が」

幽霊の様に青ざめて、今にもそこへ坐り相な廣介を、片手で抱きとめながら、北見は普通の調子で続けました。

「無論私はこの一本の髪の毛から凡てのことを推察した訳ではありません。人見廣介が菰田源三郎になりすます為には、菰田夫人の存在が最大の障礙《しょうがい》に相違ない、という点に気がついたのです。それであなたと夫人の間柄を注意深く観察している内に、ふと夫人の姿が我々の眼界から消えてしまう様なことが起りました。他の人はだましおおせても私をだますことは出来ません。これはてっきりあなたが夫人を殺害なすったに相違ないと考えたのです。殺害したからには死体の隠し場所がある筈です。あなたの様な方はどんな場所をお選びなさるでしょうね。ところで、私にとって好都合だったのは、これもあなたはお忘れなすっているかも知れませんが、『RAの話』にその隠し場所がちゃんと暗示されてあったのです。あの小説にはRAという男が彼のアブノルマルな好みから、コンクリートの大円柱を立てる際に、昔の橋普請《はしぶしん》などの伝説を真似て、（小説のことですから人を殺すのは自由自在です）必要もないのにそのコンクリートの中へ、一人の女を人柱《ひとばしら》として生埋めにすることが書いてありました。若しやと思って、夫人がこの島へ来られた日をくって見ますと、丁度この円柱の板囲《いたがこ》いが出来上って、セメントを流し込み始めた頃であったことが分りました。実に安全な隠し場所ですね。あなたはただ、人のいない時を見はからって、足場の上まで死体を抱き上げ、板囲の中へ落し込み、その上から二三杯のセメントを流して置きさえすればよかったのですから。ですが、夫人の髪の毛が一本丈けコンクリートの外へもつれ出していたというのは、犯罪には何かしら思わぬ行違いが出来るものではありませんか」

もう廣介は、他愛もなくくずおれて、円柱の丁度千代子の血潮のあたりに凭れかかっていました。北見小五郎は、そのみじめな有様を、気の毒そうに眺めながら、でも考えていた丈けのことは云ってしまう積りでした。

「それを逆にしますと、つまりあなたが夫人を殺害しなければならなかったということは、とりも直さずあなたが菰田源三郎ではなかったことです。分りますか。この夫人の死体がさっき云った証拠の一つなのですよ。無論それ丈けではありません。私はもう一つ最も重大な証拠を握って居ります。多分もう御分りだと思いますが、それは外でもない菰田家の菩提寺の墓場にあるのです。人々は菰田氏の墓場から死骸が消えうせ、別の場所に菰田氏とそっくりの生きた人間が現れたのを見て、忽《たちま》ち菰田氏が蘇生したものと信じ切ってしまいました。ですが、棺桶の中から死体がなくなったといって、必ずしもその死体が甦ったとは極められません。死体は外《ほか》の場所へ運ばれているかも知れないからです。外の場所、それは最も手近な所に幾つも棺桶が埋めてあるのですから、死体を運び出した者がそれをどこかへ隠そうとするなら、そのお隣の棺桶ほど屈竟《くっきょう》の場所はありません。何とうまい手品ではありませんか。菰田源三郎の墓の隣には源三郎の祖父に当る人の棺が埋めてあるのですが、そこには今、あなたの思遣《おもいや》りのあるはからいで、お爺《じい》さんと孫とが、骨と骨とで抱合って、仲よく眠っているのですよ」

北見小五郎がそこまで話し進んだ時、くずおれていた人見廣介は、突然がばとはね起きて、薄気味悪く笑い出すのでした。

「ハハハ……、イヤ、君はよくも調べ上げましたね。その通りです。寸分間違った所はありません。だが、実をいうと、君の様な名探偵を煩《わずら》わすまでもなく、僕はもう破滅に瀕《ひん》していたのですよ。遅いか早いかの違いがあるばかりです。一時は僕もハッとして、君に手《て》向《むか》おうとまでしましたが、考え直して見ると、そんなことをした所で、僅か半月か一月今の歓楽を延すことが出来る丈けです。それが何でしょう。僕はもう作りたい丈けのものを作り、したいだけのことをしました。思い残す所はありません。いさぎよく元の人見廣介に返って、君の指図に従いましょう。打開けますと、さすがの菰田家の資産も、あとやっと一月この生活をささえる程しか残っていないのですよ。併し、君はさっき、僕みたいな男を、むざむざ浮世の法律に裁かせたくないとか云われた様でしたね。あれはどういう意味なんでしょうか」

「有難う。それを伺《うかが》って私も本望です。……あの意味ですか、それは、警察なんかの手を借りないで、いさぎよく処決して頂き度いということです。これは東小路伯爵夫人のいいつけではありません。やはり、芸術につかえる一人の僕《しもべ》として、私一個人の願いなのですが」

「有難う。僕からも御礼を云わせて下さい。では、暫く僕を自由にさせて置いて下さるでしょうか。ほんの三十分ばかりでいいのですが」

「よろしいとも、島には数百人のあなたの召使がいますけれど、あなたを恐しい犯罪者と知ったなら、まさか味方をする訳もないでしょうし、又味方をかり集めて、私との約束を反故《ほご》になさるあなたでもありますまい。では、私はどこにお待ちしていればよいのでしょうか」

「花園の湯の池の所で」

廣介は云い捨てて、大円柱の向側に見えなくなってしまいました。

二十五

それから十分ばかり後、北見小五郎は、数多《あまた》の裸女達に混って、湯の池の、におやかな湯気の中に半身を浸して、のどかな気持で、廣介の来るのを待ち受けていました。

空はやっぱり一面の黒雲に覆われ、風はなし、目路《めじ》の限りの花の山は、銀鼠色《ぎんねずみいろ》に眠って、湯の池に漣《さざなみ》も立たず、そこにゆあみする数十人の裸女の群さえ、まるで死んだ様におし黙っているのです。北見の目には、その全体の景色が、何か憂鬱な天然の押絵の様にも見えたことでした。

そして十分二十分と過ぎて行く間が、どの様に長々しく感じられたことでしょう。いつまでも動かぬ空、花の山、池、裸女の群、そして、それらをこめた夢の様な鼠色。

併し、やがて、人々は、池の片隅から打上げられた、時ならぬ花火の音に、ハッと我に返り、次の瞬間空を見上げて、そこに咲き出《い》でた光の花の余りの美しさに、再び感嘆の叫びを上げないではいられませんでした。

それは、常の花火の五倍程の大きさで、それ故殆ど空一杯に拡がって、一つの花というよりは、あらゆる花を集めて一輪にした様な、五色の花弁が、丁度万花鏡の感じで、下るに随って、ハラハラとその色と形を換えながら、なおも広く広くと拡がって行くのでした。

夜の花火でもなく、そうかといって昼の花火とも違い、黒雲と銀鼠色の背景に、五色の光が怪しき艶《つや》消しとなって、それが、刻一刻面積を広めながら、ジリジリと釣天井の様に下って来る有様は、真実魂も消えるばかりの眺めでした。

その時、北見小五郎は、くらめく様な五色の光の下で、ふと数人の裸女の顔に、或は肩に、紅色の飛沫《ひまつ》を見たのです。最初は湯気のしずくに花火の色が映ったのかと、そのまま見すごしていたのですが、やがて、紅の飛沫は益々はげしく降りそそぎ、彼自身の額や頬にも、異様の暖かなしたたりを感じて、それを手にうつして見れば、まがう方なき紅のしずく、人の血潮に相違ないのでした。そして、彼の目の前の湯の表に、フワフワと漂うものを、よく見れば、それは無慙《むざん》に引き裂かれた人間の手首が、いつのまにかそこへ降っていたのです。

北見小五郎は、その様な血腥《ちなまぐさ》い光景の中で、不思議に騒がぬ裸女達をいぶかりながら、彼も又そのまま動くでもなく、池の畔《くろ》にじっと頭をもたせて、ぼんやりと、彼の胸の辺《あたり》に漂っている、生々しい手首の花を開いた真赤な切口に見入りました。

か様にして、人見廣介の五体は、花火と共に、粉微塵《こなみじん》にくだけ、彼の創造したパノラマ国の、各々の景色の隅々までも、血液と肉塊の雨となって、降りそそいだのでありました。

石榴

一

私は大分以前から「犯罪捜査録」という手記を書き溜《た》めていて、それには、私の長い探偵生活中に取扱《とりあつか》った目ぼしい事件は、殆《ほとん》ど漏《も》れなく詳細に記録してあるのだが、ここに書きつけて置《お》こうとする「硫酸《りゅうさん》殺人事件」は、なかなか風変《ふうがわ》りな面白い事件であったにも拘《かかわ》らず、なぜか私の捜査録にまだ記《しる》されていなかった。取扱った事件の夥《おびただ》しさに、私はつい、この奇妙な小事件を忘れてしまっていたのに違いない。

ところが、最近のこと、その「硫酸殺人事件」を細々《こまごま》と思出《おもいだ》す機会に出くわした。それは実に不思議千万な驚くべき「機会」であったが、その事はいずれあとで記すとして、兎《と》も角《かく》、この事件を私に思出させたのは、信州《しんしゅう》のＳ温泉で知合いになった猪股《いのまた》という紳士、というよりは、その人が持っていた一冊の英文の探偵小説であった。手擦《てず》れで汚れた青黒いクロース表紙の探偵小説本に、今考えて見ると、実に様々の意味が籠《こも》っていたのであった。

これを書いているのは昭和――年の秋の初めであるが、その同じ年の夏、つまりつい一月ばかり前まで、私は信濃《しなの》の山奥に在《あ》るＳという温泉へ、独《ひと》りで避暑に出かけていた。Ｓ温泉は信越《しんえつ》線のＹ駅から、私設電車に乗って、その終点から又《また》二時間程ガタガタの乗合《のりあい》自動車に揺られなければならないような、極く極く辺鄙《へんぴ》な場所にあって、旅館の設備は不完全だし、料理はまずいし、遊楽の気分は全《まつた》く得られない代りには、人里離れた深山幽谷《しんざんゆうこく》の感じは申分がなかった。旅館から三丁《ちよう》程行くと、非常に深い谷があって、そこに見事な滝が懸《かか》っていたし、すぐ裏の山からは、時々猪《いのしし》が出て、旅館の裏庭近くをさえさまようということであった。

私の泊った翠巒荘《すいらんそう》というのが、S温泉でたった一軒の旅館らしい旅館なのだが、ものものしいのは名前だけで、広さは相当広いけれど、全体に黒ずんだ、山家風《やまが》の古い建物、白粉《おしろい》の塗り方も知らない女中達、糊《のり》のこわいつんつるてんの貸浴衣《かしゆかた》、というまことに都離れた風情《ふぜい》であった。そんな山奥ではあるけれど、流石《さすが》に盛夏には、八分通り滞在客があり、その半《なかば》は東京、名古屋など大都会からのお客さんである。私が知合いになったという猪股氏も、その都会客の一人で、東京の株屋さんということであった。

私は本職が警察官のくせに、どうしたものか探偵小説の大の愛読者なのである。と云うよりは、私の場合は、探偵小説の愛読者が、現実の犯罪事件に興味を持ち出したのがきっかけで、地方警察の平《ひら》刑事から警視庁捜査課に入り込み、とうとう半生を探偵事業に捧げることになったという風変りな経路をとったのであるが、そういう私のことだから、温泉などへ行くと、泊り客の中にうさん臭い奴はいないかと目を光らせるよりは、却《かえ》って、探偵小説好きはいないかしら、探偵小説論を戦わす相手はいないかしらと、それとなく物色するのが常であった。

　今、日本でも探偵小説はなかなか流行しているのに、娯楽雑誌などの探偵小説は読んでいても、単行本になった本格の探偵小説を持ち歩いているような人は不思議な程少《すくな》いので、私はいつも失望を感じていたのであるが、今度だけは、翠巒荘に投宿したその日の内に、実に願ってもない話相手を見つけることが出来た。

　その人は、青年でもあることとか、あとで分った所によると、私より五つも年長の四十四歳という中年者の癖《くせ》に、トランクに詰めている本と云えば悉《ことごと》く探偵小説、しかも、それが日本の本よりは英文のものの方が多いという、実に珍らしい探偵趣味家であった。その中年紳士が今云った猪股氏であったことは申すまでもない。その猪股氏が、旅館の二階の縁《えん》側《がわ》で、籐椅子《とういす》に腰かけて、一冊の探偵本を読んでいたのを、私がチラと見かけたのがきっかけになり、どちらから接近するともなく接近して行って、その翌日はもうお互《たがい》の身分を明かし合う程懇意《こんい》になっていた。

　猪股氏の風采《ふうさい》容貌には、何かしら妙に私をひきつけるものがあった。それ程の年でもないのに、卵のように綺麗《きれい》に禿《は》げた恰好《かっこう》のよい頭、ひどく薄いけれど上品な蓬々眉《ぼうぼうまゆ》、黄色な玉の縁なし眼鏡、その色ガラスを透《とお》して見える二重瞼《ふたえまぶた》の大きな目、スラッと高いギリシャ鼻、短い口髭《くちひげ》、揉上《もみあ》げから顎《あご》にかけて、美しく刈《か》り揃えた頬《ほお》ひげ、どことなく日本人離れのした、併《しか》し非常な好男子で、それが、仮令《たとえ》旅館のつんつるてんの貸浴衣であろうとも、キチンと襟《えり》を合せて、几帳面《きちようめん》に帯を締めて端然《たんぜん》としている様子は、ひどく謹厳な大学教授とでも云った感じで、迚《とて》も株屋さんなどとは思われぬのであった。

段々分《わか》った所によると、この紳士は最近奥さんを失ったということで、どれ程愛していた奥さんであったのか、その深い悲しみが、彼の青白く美しい眉宇《びう》の間に、まざまざと刻まれていた。それとなく観察していると、大抵は部屋にとじこもって、例の探偵本を読んでいるのだが、好きな小説も彼の悲しみを忘れさせる力はないと見えて、ともすれば、読みさしの本を畳《たたみ》の上へ放り出したまま、机に頰杖《ほおづえ》をついて、空《うつ》ろな表情で、縁側の向うに聳《そび》える青葉の山を、じっと見つめている様子が、如何《いか》にも淋《さび》し相《そう》であった。

翠巒荘に着いた翌々日のお昼過ぎのこと、私は食後の散歩の積《つも》りで、浴衣のまま、焼印《やきいん》を捺《お》した庭下駄《にわげた》を穿《は》いて、裏門から、翠巒園という公園めいた雑木林《ぞうきばやし》の中へ出掛けて行ったが、ふと見ると、やっぱり浴衣がけの猪股氏が、向うの大きな椎《しい》の木に凭《もた》れて、何かの本に読み耽《ふけ》っていた。多分探偵小説であろうが、今日は何を読んでいるのかしらと、私はついその方へ近づいて行った。

私が声をかけると、猪股氏はヒョイと顔を上げ、ニッコリ会釈《えしやく》をしたあとで、手にしていた青黒い表紙の探偵本を裏返して、背表紙の金文字を見せてくれたが、そこには、

TRENT'S LAST CASE E.C.BENTLEY.

と三段程にゴシック活字で印刷してあった。

「無論お読みなすったことがおありでしょう。僕はもう五度目位なんですよ。ごらんなさい、こんなに汚れてしまっている。実によく出来た探偵小説ですね。恐らく世界で幾《いく》つという少い傑作の一つだと思います」

猪股氏は、読みさした頁《ページ》に折目をつけて、閉じた本をクルクルと弄びながら、ある情熱をこめて云った。

「ベントリですか、私もずっと以前に読んだことがあります。もう詳しい筋なんかは殆ど忘れてしまっていますが、何かの雑誌で、それとクロフツの『カスク』とが、イギリス現代の二つの最も優れた探偵小説だという評論を読んだことがありますよ」

そして、私達は又、暫《しば》らくの間、内外の探偵小説について、感想を述べ合ったことであるが、それに引続いて、もう私の職業を知っていた猪股氏は、ふとこんなことを云い出したのである。

「長い間には、随分《ずいぶん》変った事件もお扱いなすったでしょうね。これで私なども、新聞で騒ぎ立てるような大事件は、切抜きを作ったりして、色々と素人《しろうと》推理をやって見るのですが、そういう大事件でなしに、一向世間に知られなかった、ちょっとした事件に、きっと面白いのがあると思いますね。何かお取扱いになった犯罪の内で、私共の耳に入らなかったような、風変りなものはありませんでしょうか。無論新しい事件では、お話し下さる訳には行かぬでしょうが、何かこう時効にかかってしまったような古い事件でも……」

これは私が新しく知合った探偵好きの人から、いつも極《きま》ったように受ける質問であった。

「そうですね。私の取扱った目ぼしい事件は、大抵記録にして保存しているのですが、そういう事件は、当時新聞でも詳しく書き立てたものばかりですから、一向珍らしくもないでしょうし……」

私はそんなことを云いながら、猪股氏の両手にクルクル弄《もてあそ》ばれているベントリの探偵小説を眺めていたが、すると、どういう訳であったか、私の頭の中のモヤモヤした叢雲《むらくも》を破って、まるで十五夜のお月さまみたいに、ポッカリ浮上って来たのが、先に云った「硫酸殺人事件」であった。

「実際の犯罪事件というものは、純粋の推理で解決する場合は、殆どないと云ってもいい位少いのです。ですから、私達探偵小説好きには、本当の犯罪はそんなに面白くない。推理よりも偶然と足とが重大要素なのです。クロフツの探偵小説は、謂《い》わば足の探偵小説、探偵が頭よりも足を使って、無闇《むやみ》と歩き廻って事件を解決しますね。あれなんかやや実際に近い味ではないかと思うのですよ。併し例外がない事もない。今思い出したのですが、『硫酸殺人事件』とでも云いますか、十年程前に起《おこ》った奇妙な事件があるのです。それは地方に起った事だものですから、東京大阪の新聞は、殆ど取扱わなかった様《よう》に記憶しますけれど、小事件の割には、なかなか面白いものでしたよ。私はそれを、余り古い事なので、つい忘れるともなく忘れていたのですが、今あなたのお言葉で、ヒョイと思い出しました。

御迷惑でなかったら、記憶をたどりながら、一つお話して見ましょうか」

「エエ、是非。なるべく詳しく伺《うかが》い度《た》いものですね。硫酸殺人と聞いただけでも、何だか非常に面白そうではありませんか」

猪股氏は、子供らしい程期待の目を輝かせながら、飛びつく様に云うのであった。

「ゆっくり落ちついて伺いたいですね。立話もなんですから……と云って、旅館の部屋ではあたりがやかましいし、どうでしょうか、これから滝道の方へ登って行きますと、そういうお話を伺うには持って来いの場所があるんですが……」

そんな風に云われるものだから、私も段々乗気《のりき》になって行った。私には妙な癖があって、「犯罪捜査録」を執筆する時は、その前に一度、事件の経過を詳しく人に話して聞かせるのが慣例の様になっていた。そうして話している間に、おぼろげな記憶が段々ハッキリして、辻褄《つじつま》が合って来る。それがいざ筆を執《と》る段になって大変役に立つからである。又、私は座談にかけてはなかなか自信があって、探偵小説めいた犯罪事件などを、なるべく面白そうな順序を立てて、詳しく話して聞かせるのが、一つの楽しみでもあった。今日はなんだかうまく話せ相《そう》だわいと思うと、私の方も子供になって、一も二もなく猪股氏の申出に応じたものである。

半ば雑草に覆《おお》われた細い坂道を、ウネウネ曲りながら、一丁程登ると、先に歩いていた猪股氏が立止って、ここですよという。成程《なるほど》、うまい場所を見つけて置いたものである。

一方はモクモクと大樹の茂った急傾斜の山腹、一方は深い谷を見おろした、何丈《じょう》とも知れぬ断崖、谷の底には異様に静まり返ったドス黒い淵が、遠く遠く見えている。その桟道《さんどう》になった細道から、少しそれた所に、一つの大きな岩が、廂《ひさし》の様に深淵を覗《のぞ》いていて、そこに畳一畳程の平《たいら》な場所があるのだ。

「あなたのお話を伺うには、実にお誂《あつら》え向きの場所ではありませんか。一つ足を踏みはずせば、忽《たちま》ち命のない崖の上、犯罪談や探偵小説の魅力は、丁度これではないかと思いますよ。お尻の擽《くすぐ》ったくなるこの岩の上で、恐ろしい殺人のお話を伺うとは、何と似つかわしい事ではないでしょうか」

猪股氏はさも得意げに云って、いきなりその岩の上に登ると、深い谷を見おろす位置にドッカリと腰を据《す》えた。

「本当に怖い様な所ですね。若《も》しあなたが悪人であったら、私は迚《とて》もここへ坐る気にはなれませんよ」

私は笑いながら、彼の隣に席を占めた。

空は一面にドンヨリした薄曇りであった。何か汗ばむような天候ではあったけれど、温度は大変涼しかった。谷を隔《へだ》てた向うの山も、陰気に黒ずんで、見渡す限り二人の外《ほか》には生物《いきもの》の気配もなく、いつもはやかましい程の鳥の声さえ、なぜか殆ど聞えては来なかった。ただ、ここからは見えぬ川上の滝の音が、幽《かす》かな地響《じひびき》を伴って、おどろおどろ鳴り渡っているばかりであった。

猪股氏の云う通り、私の奇妙な探偵談には、実に打ってつけの情景である。私はいよいよ乗気になって、さて、その「硫酸殺人事件」について話し始めたのである。

二

それは今から足掛《あしかけ》十年前、大正――年の秋に、名古屋《なごや》市の郊外Gという新住宅街に起った事件です。G町《まち》は今でこそ市内と同じように、住宅や商家が軒《のき》を並べた明るい町になっていますが、十年前の其頃《そのころ》は、建物よりは空地《あきち》の方が多いような、ごく淋しい場所で、夜など、用心深い人は、提燈《ちょうちん》を持って歩く程の暗さだったのです。

ある夜のこと、管轄《かんかつ》警察署の一巡査が、そのG町の淋しい通りを巡回していました時、ふと気がつくと、確かに空家の筈の一軒の小住宅に――それは空地の真中にポツンと建った、毀《こわ》れかかったような一軒建ての荒屋《あばらや》で、ここ一年程というもの、雨戸をたて切ったままになっていて、急に住み手がつこうとも思われませんのに、不思議なことに、空家の中に幽《かす》かな赤ちゃけた明りが見えていたのです。しかも、そのほの明りの前に、何かしら蠢《うごめ》いているものがあったのです。明りが見えるからには、閉めきってあった戸が開かれていたのでしょう。一体何者がその戸を開いたのか。そして、あんな空家の中へ侵入して何をしているのか。警邏《けいら》の巡査が不審を起したのは至極尤《しごくもっと》もなことでした。巡査は足音を盗むようにして空家へ近づいて行って、半開きになっている入口の板戸の間から、ソッと家《うち》の中を覗いて見たと云います。すると、先ず最初目に入ったのは、畳も敷いてない、ほこりだらけの床板に、蜜柑《みかん》箱様のものを伏せて、その上に直《じか》に立てられた太い西洋蠟燭《ろうそく》だった相です。

蠟燭の手前に、黒く、脚榻《きゃたつ》のようなものが脚を拡《ひろ》げて立っていて、その脚榻の前に、何か小さなものに腰かけて、モゾモゾ動いている人影があったというのです。よく見ると、脚榻と思ったのは、写生用の画架でして、それにカンヴァスを懸けて、一人の若い長髪の男が、しきりと絵筆を動かしていたのでした。

ひとの空家に侵入して、蠟燭の光で何かを写生しているんだな。美術青年の物好きにもせよ、けしからん事だ。併し一体この夜更《よふ》けに、態々《わざわざ》薄暗い蠟燭の光なんかで、何を写生しているのかしらと、その巡査は蜜柑箱の向側《むこうがわ》にあるものを、注意して眺めたと申します。

そのものは――美術青年のモデルになっていたものは、立ってはいなかったのです。ほこりだらけの床板の上に、長々と横《よこた》わっていたのです。ですから、巡査にも急にはそのものの正体が分りませんでしたが、蜜柑箱の蔭になっているのを、脊伸《せの》びをして、よく見ますと、それは確かに人間の服装はしているのですけれど、どうも人間とは思われない、何ともえたいの知れぬ変てこれんなものだったと云うことです。

　巡査は石榴《ざくろ》がはぜたようなものだったと形容しましたが、私自身も、のちにそれを見た時、やっぱりよく熟してはぜ割れた石榴を聯想《れんそう》しないではいられませんでした。そこには、黒い着物を着た一箇の巨大な割れ石榴が転がっていたのです。という意味は無論お分りでしょうが、滅茶滅茶《めちゃめちゃ》に傷《きずつ》き、ただれ、血に汚《よご》れ、どう見ても人間とは思われないような、無残な顔が転がっていたのです。

　巡査は最初、そんな風なグロテスクな酔狂《すいきょう》なメーク・アップをしたモデル男なのかと考えた相です。それを写生している青年の様子が、馬鹿に悠然として、ひどく嬉《うれ》し相にさえ見えたからです。又、美術学生などと云うものは、こうした突飛《とっぴ》な所業を仕兼《しか》ねまじいものだという事を、その巡査は心得ていたからです。

　併し、仮令モデルにもせよ、これはちと穏《おだや》かでないと考えましたので、いきなり空家の中へ踏み込んで行って、その青年を詰問《きつもん》したのですが、すると、異様な長髪の美術青年は、別に驚き慌《あわ》てる様子もなく、却《かえ》ってあべこべに、何を邪魔するのだ、折角《せっかく》の感興を滅茶滅茶にしてしまったじゃないかと、巡査に向って喰って掛ったと云います。

　巡査はそれに構わず、兎《と》も角《かく》、蜜柑箱の向うに横わっている例の怪物を、間近に寄って検《しら》べて見ますと、決してメーク・アップのモデルでないことが分りました。息もしていなければ脈もないのです。その男は、実に目もあてられない有様《ありさま》で、お化けのように殺害されていたのでした。

巡査は、こいつは大変な事件だぞと思うと、日頃ひそかに待ち望んでいた大物にぶっつかった激情で、もう夢中になって、有無を云わせず、その青年を近くの交番まで引立《ひった》てて行き、そこの巡査の応援を求め、本署にも電話をかけたのですが、その興奮し切った電話の声を聞取《ききと》ったのが、かく云う私でありました。もうお祭しのことと思いますけれど、当時私はまだ郷里の名古屋にいまして、M警察署に属する駆け出しの刑事だったのです。

電話を受取ったのが九時少し過ぎでした。夜勤のものの外《ほか》は皆自宅に帰っていて、色々手間取ったのですが、検事局、警察部にも報告した上、結局署長自身が検証に出向くことになり、私も老練な先輩刑事と一緒に、署長さんのお供をして現場《げんじょう》の有様を詳しく観察することが出来ました。

殺されていたのは、警察医の意見によりますと、三十四五歳の健康な男子ということでした。これという特徴もない中肉中脊の身体《からだ》に、シャツは着ないで、羽二重《はぶたえ》の長襦袢《ながじゆばん》に、くすんだ柄《がら》の結城紬《ゆうきつむぎ》の袷《あわせ》を着て、絞《しぼ》り羽二重の兵児帯《へこおび》をまきつけて居りましたが、その着物も襦袢も帯もひどく着古《きふる》したよれよれのもので、少くとも現在では、決して豊かな身分の人とは思われませんでした。

両手と両足を荒縄で縛られていたんですが、縛られるまでに随分抵抗したらしく、胸だとか二の腕などに、夥しい掻《か》き傷が残っていました。大格闘《かくとう》が演じられたのに違いありません。それを誰も気附かなかったのは、さっきも申上げる通り、その空家というのが、広っぱの真中に、ポツンと離れて建っていたからでありましょう。

　手足を縛って置いて、顔に硫酸をぶッかけたのです。目も鼻も口も頭髪の一部までが、グチャグチャに焼けただれて、吐き気を催す程の恐ろしい形相でした。こうしてお話していますと、まざまざと、目の前にそれが浮んで来るようです。私は今、その不気味なものの様子を、どんなに詳しくでもお話することが出来ますけれど……アア、あなたもそういう話はお嫌いのようですね。では、そこの所は端折《はしょ》ることにしまして……さて、その男の死因なのですが、いくらひどく硫酸をぶッかけたからといって、顔を焼《や》けどした位で死ぬものではありません。若《も》しや、硫酸をかける前に、殴《なぐ》るとか締めるとかしたのではあるまいかと、医師が色々検べて見たのですが、命に別状のない掻き傷の外にはそういう形跡は少しもないのでした。

　ところが、やがて、実に恐ろしいことが分って来ました。嘱託医《しょくたくい》がふとこんなことを云い出したのです。

「犯人は硫酸を顔へかけるのが目的ではなくて、こんなに焼けただれたのは、実は偶然の副産物だったのではないでしょうか……この口の中をごらんなさい」

　そういって、ピンセットで唇《くちびる》をめくり上げたのを覗いて見ますと、口の中は顔の表面にもまして、実に惨憺《さんたん》たる有様でした。赤いドロドロしたものが一杯にたまっていて、舌なんてどこへ行ったのか、まるで見えやしないのです。で又医者が云うのです。

「床板にしみ込んでいてよく分らないけれど、可《か》なり吐いているようです。顔へぶッかけた硫酸が口に入って、胃袋まで届く筈はありませんからね。これはもう明かに硫酸を飲ませようとしたのですよ。先ず手足を縛って置いて、左の手で鼻をつまんで、開いた口の中へ右手で薬液を流し込んだのです。ね、そうとしか考えられないじゃありませんか。併しいくら縛られていても、死にもの狂いですから、被害者は首を振って飲むまいとしたに相違ありません。その為に、うまく口の中だけへ流れないで、顔一面に飛んでしまったのですよ」

と云うのです。アア、何という恐ろしい考《かんがえ》でしたろう。併し、いくら恐ろしくても、この想像説には、少しも間違いがない様に思われました——被害者の屍体は翌日直《す》ぐ解剖に附されたのですが、その結果はやっぱりこの警察医の言葉を裏書きしました——無理やり硫酸を飲ませて人殺しをするなんて、まるで非常識な狂気の沙汰《さた》です。気違いの仕業《しわざ》かも知れません。でなければ、ただ殺したのでは飽足《あきた》りない程の、よくよくの深い憎悪《ぞうお》なり怨《えん》恨《こん》なりが、こんな途方もない残虐な手段を考え出させたものに相違ありません。被害者の絶命の時間は、勿論《もちろん》正確には分らないのですけれど、医師の推定では、その日の午後も夕方に近い時分、恐らくは四時から六時頃までの間ではないかということでした。

こんな風にして、大体殺人の方法は想像がついたのですが、では、「誰が」「何の為《ため》に」「誰を」殺したのかという点になりますと——変な云い方ですが——まるで見当がつきません。無論、例の長髪の美術青年は、本署に留置して、調べ室でビシビシ調べたのですけれど、犯人は決して自分ではない、被害者が誰であるかも知らないと云い張って、何時《いつ》までたっても、少しも要領を得ないのでした。

その青年は、問題の空家のあるG町の隣町《となりまち》に間借りをして、何とかいいましたっけ、ちょっと大きな洋画の私塾へ通っている、本当の美術学生でした。名前は赤池《あかいけ》といいました。お前は殺人事件を発見しながら、なぜすぐに警察へ届出《とどけ》でなかったのだ。怪《け》しからんではないか。その上、あのむごたらしい死骸を、平気で写生しているとは、一体どうしたというのだ。お前こそ犯人だと云われても、弁解の余地がないではないか。と詰問《きつもん》された時、その赤池君はこんな風に答えたのです。

「僕はあの長い間住み手のない、化物屋敷みたいな空家に、以前から魅力を感じていて、何度もあすこへ入ったことがあるのです。錠前も何も毀れてしまっているから、入ろうと思えば誰だって入れますよ。真暗な空家の中で、色々な空想を描いて時間をつぶすのが、僕には大変楽しかったのです。今日の夕方も、そんな積りで、何気なく入って行くと、目の前にあの死骸が転がっていたのですよ。もう殆ど暗くなっていましたので、僕はマッチをすって、死骸の様子を眺めました。そして、こいつはすばらしいと思ったのです。なぜといって、丁度ああいう画題を、僕は長い間夢見ていたのですからね。闇の中の真赤な花のように、目もくらむばかりに美しい血の芸術。僕はそれをどんなに恋いこがれていたでしょう。実に願ってもないモデルでした。僕は家《うち》に飛んで帰って、画架と絵具と蠟燭とを、空家の中へ持ち込んだのです。そして、あのにくらしいお巡りさんに妨害されるまで、一心不乱に絵筆を執《と》っていたのです」

どうもうまく云えませんが、赤池君のその時の言葉は、物狂わしい情熱にみちていて、何だか悪魔の歌う詩のように聞えたことでした。全くの狂人とも思われませんが、決して普通の人間じゃあない。少くとも、病的な感情の持主であることは確かです。こういう男を常規《じょうき》で律《りっ》することは出来ない。さもさも誠《まこと》しやかな顔をして、その実どんな嘘を云っているか知れたものではない。血みどろの死骸を平気で写生していた程だから、人を殺すことなど、何とも思っていないかも知れぬ。誰しもそんな風に考えたものです。殊《こと》にM署の署長さんなどは、てっきりこいつが犯人だというので、一応の弁解が成立っても、帰宅を許すどころか、留置室にとじこめたまま、実に烈《はげ》しい調べ方をさせたのでした。

そうしている間に、丸二日が経過しました。私なぞは、よく探偵小説にあるように、空家の床や地面を、犬みたいに這《は》い廻って、十二分に検べたのですけれど、硫酸の容器も出て来なければ、足跡や指紋も発見されず、手掛りと云っては何一つなかったのです。又、附近の住人達に聞き廻っても、なにしろ、一番近いお隣というのが、半丁も離れているのですから、この方も全く徒労《とろう》に終りました。一方唯一の被疑者である赤池青年は、二晩というもの殆ど一睡もさせないで責め抜いたのですが、責めれば責める程、彼の云うことは益々《ますます》気違いめいて行くばかりで全くらちがあきません。

それよりも何よりも、一番困るのは、被害者の身元が少しも分らないことでした。顔は今申したはぜた石榴なんですし、身体にもこれという特徴はなく、ただ着物の柄を唯一の頼みにして、探偵を進める外はなかったのですが、先《ま》ず第一番に赤池の間借りをしていた理髪店の主人を呼び出して、その着物を見せても、全く心当りがないといいますし、空家の附近の人達もハッキリした答をするものは一人もないという有様で、私達は殆ど途方に暮れてしまったのです。

ところが、事件の翌々日の晩になって、妙な方面から、被害者の身元が分って来ました。そして、この無残な死にざまをした男は、当時こそ落ちぶれていたけれど、以前は人に知られた老舗《しにせ》の主人であったことが判明したのです。さて、私のお話は、これから追々《おいおい》探偵談らしくなって行くのですが。

三

その晩も事件について会議みたいなものがありまして、私は署に居残っていたのですが、八時頃でした、谷村絹代《たにむらきぬよ》さんという人から、私へ電話がかかって来たのです。至急あなただけに内密で御相談したいことがあるから、すぐお出《い》で下さらんでしょうか。実は今世間で騒いでいる硫酸殺人事件に関係のある事柄です。併し、これは私に会って話を聞いて下さるまで、署の人達に知らせないようにしてほしい。どうか急いでお出で下さい。というおだやかならん話なのです。電話口の絹代さんの声は妙に上ずって、何か非常に興奮している様子でした。

谷村というのは、若しや御存知ではありませんか、名古屋名物の貉饅頭の本舗なのです。東京で云えば風月堂とか虎屋とかに匹敵《ひってき》する大きなお菓子屋さんでした。あの地方では誰知らぬものもない、旧幕時代からの老舗ですよ。貉なんて、変てこな名をつけたものですが、これには物々しい由来《ゆらい》話などもあって、古くから通った名前だものですから、あの辺の人には別に変にも響かないらしいのですね。私はここの主人の万右衛門《まんえもん》という人とは懇《こん》意《い》な間柄でして……万右衛門などというと、如何《いか》にもお爺《じい》さん臭いですが、これは谷村家代々の伝え名なので、当時の万右衛門さんは、まだ三十を三つ四つ越したばかりの、大学教育を受けた、物分りのいい若紳士でしたが、その人が文学なども噛《かじ》っているものですから、小説好きの私とはよく話が合って、アア、そうそう、私はその人と、探偵小説論なども戦わしたことがあるのですよ。絹代さんというのは、その万右衛門氏の若くて美しい奥さんだったのです。その奥さんから、そういう電話を受けたのですから、打捨てて置く訳には行きません。私は出鱈目《でたらめ》の口実を作って会議の席をはずし、早速《さっそく》谷村家へと駆けつけました。

駱饅頭の店は、名古屋でも目抜きのTという大通りにあって、古風な土蔵造りの店構えが、その町の名物みたいになっているのですが、別に家族の住宅が、M署管内の郊外にあったのです。そんなに遠い所でもないものですから、私はテクテクと暗い道を歩きながら、ヒョイと気がついたのは、問題の殺人のあったG町の空家は、谷村さんの宅とは目と鼻の間、ほんの三丁程しか隔っていないということでした。そういう地理的な関係からしましても、絹代さんの電話の言葉が、愈々《いよいよ》意味ありげに考えられて来るのです。

さて絹代さんに会って見ますと、日頃血色のいい人が、まるで紙のように青ざめて、ひどくソワソワしていましたが、私の顔を見るなり、大変なことになりました。どうしたらいいのでしょうと、すがりつかんばかりの有様でした。一体どうなすったのですと聞きますと、主人が――万右衛門さんがですね、行方不明になってしまったというのです。時も時、例の硫酸事件が発見された翌朝のこと、その頃万右衛門さんが夢中になって奔走《ほんそう》していた製菓事業の株式会社創立の要件で、東京のMという製糖会社の重役と会う為に、午前四時何分発の上り急行列車で出発したのだそうです。その頃はまだ特急というものがなかった時分で、東京へお昼過ぎに着く為には、そんな早い汽車を選ばなければならなかったのですよ――ちょっとお断りして置きますが、その出発したというのは、無論、絹代さんと一緒に寝泊りをしている郊外の住宅の方からでした。万右衛門さんはその前日は、会社創立のことで、面倒な調べものをして、夜おそくまで書斎にこもっていたのだそうです―

―ところが、同じ日の夕方になって、そのM製糖会社から絹代さんの所へ至急電話がかかって来て、谷村さんが約束の時間にお出《い》でがないが、何か差支《さしつかえ》が生じたのかという問合せがあったのだそうです。急を要する要件があって、先方でも待兼《まちか》ねていたものと見えますね。この意外な電話に、絹代さんはびっくりして、確かに今朝《けさ》四時の汽車でそちらへ参りました。外《ほか》へ寄り道などする筈《はず》はありませんが、と答えますと、先方から重ねて、実は赤《あか》坂《さか》の谷村さんの定宿《じょうやど》の方も調べさせたのだけれど、そこにもお出でがない。谷村さんに限って、外の宿屋へお泊りなさる筈はないのだが、どうもおかしいですねということで、有《う》耶《や》無《む》耶《や》に電話が切れてしまったというのです。

それから翌日は一日中、つまり私が谷村さんを訪ねた晩までの間ですね、その一日中、製糖会社は勿論、東京の宿屋やお友達の所、静岡《しずおか》の取引先など、心当りという心当りへ何度も電話をかけて、万右衛門さんの行方を尋ねたのだそうですが、どこにも手応《てごた》えがない。丸二日というもの谷村さんの所在は全く分らなかったのです。これが普通の場合なれば別に心配もしないのだけれど、絹代さんが云うのですよ、主人の出発した前晩《せんばん》には、ああいう恐ろしい事があったのでしょう。ですから、何かしら胸騒ぎがして……と奥歯に物のはさまったように云い淀《よど》んでいるのです。

恐ろしい事というのは、無論硫酸殺人事件なのですが、では絹代さんは、若しやあの被害者を知っているのではないかしら。私は何かしらハッとして、恐る恐るそのことを尋ね

て見ました。すると、

「エエ、本当はあの夕刊を見た時から、私にはチャンと分っていたのです。でも、どうしても怖くって、警察へお知らせする気になれなかったものだから……」

と口ごもるのです。

「誰です？　あの空家で殺されていたのは、一体誰なのです？」

私は思わず、せきこんで尋ねました。

「ホラ、私共とは長年の間商売敵《がたき》であった、もう一軒の駱饅頭の御主人、琴野宗一《ことのそういち》さんですよ。新聞に出ていた着物の様子もそっくりだし、そればかりでなく、実はもっと確かな証拠がありますのよ」

それを聞きますと、私は何もかも分ったような気がしました。絹代さんが被害者を知りながら、今まで黙っていた訳、それ程心痛している癖に、万右衛門さんの捜索願《ねがい》をしなかった訳、一切合点《がてん》が行ったのです。絹代さんは実に恐ろしい疑いを抱いていたのでした。

その頃名古屋には、駱饅頭という同じ名のお菓子屋さんが、市内でも目抜きのT町《まち》に、殆ど軒《のき》を並べんばかりにくッついて二軒営業をしていました。一軒は私の懇意にしていた谷村万右衛門さん、絹代さんの御主人ですね、もう一軒は琴野宗一と云って、絹代さんによればこの事件の被害者なのですが、両方とも数代続いた老舗でして、どちらが本当の元祖なのか、私も詳しいことは知りませんが、谷村の方でも、琴野の方でも、負けず劣らず

「元祖貉饅頭」という大きな金看板を飾って、目と鼻の間で、元祖争いを続けていたのでした。東京の上野K町に、二軒の黒焼屋さんが軒を並べて、元祖争いをやっていることは、大変有名ですから、あなたも多分御存知でしょうが、つまりあれなのですね。

元祖争いと云うからには、両家の間が睦《むつま》じくなかったことは申すまでもありませんが、駱饅頭の不仲《ふなか》と来ては、少々桁《けた》はずれでして、何代前の先祖以来、両家の争いについての様々の噂話が伝え残されていた程です。琴野家の職人が谷村家の仕事場へ忍込んで、饅頭の餡《あん》の中へ砂を混ぜた話、谷村家が祈禱師《きとうし》を頼んで、琴野家の没落を祈った話、両家の十数人の職人達が、町なかで大喧嘩《おおげんか》をして、血の雨を降らせた話、万右衛門さんの曾祖父《そうそふ》に当る人が、その当時の琴野の主人と、まるで武士のように刀を抜き合わせて果し合いをした話、算《かぞ》え上げれば際限もないことですが、数代に亙《わた》って培《つちか》われた両家の敵意というものは、実に恐ろしい程でして、その呪いの血が万右衛門、宗一両氏の体内にも燃えさかっていたのでしょう。両家の反目は当代になって、一層激化されたように見えました。

この二人は子供の時分、級は違いましたけれど、同じ小学校に通っていたのですが、校庭や通学の道で、出くわせばもうすぐに喧嘩だったそうです。血を流す程のとっくみ合いをしたことも度々《たびたび》あると云います。この争いは、各年齢を通じて、様々の形を取って続けられて来ましたが、因果な二人は、恋愛に於《おい》てさえも、いがみ合わなければなりませんでした。というのは、つまり、谷村さんと琴野氏とが、一人の美しい娘さんを奪い合った訳なのです。そこには色々複雑ないきさつがあったのですが、当の娘さんの心が万右衛門さんに傾いていたものですから、結局この争いは谷村さんの勝《かち》となり、殺人事件の三年程前に、盛大な婚礼式が挙げられました。その娘さんというのが、つまり絹代さんなのです。

この敗北が、琴野家没落のきっかけとなりました。宗一氏は心底《しんそこ》から絹代さんを恋していたものですから、失恋からやけ気味となり、商売の方はお留守にして、花柳界《かりゅうかい》を游《およ》ぎ廻るという有様、それでなくても、大仕掛けな製菓会社に圧迫されて、もう左前《ひだりまえ》になっていた店の事ですから、忽《たちま》ちにして没落、旧幕以来の老舗もいつしか人手に渡ってしまいました。

店の没落と前後して、両親も失い、失恋以来独身を通していたので、子供とてもなく、宗一氏は今では全くの独りぼっちとなって、親戚の助力でかつかつその日を送っていたのでした。この頃から琴野氏は妙に卑劣な、恥も外聞も構わないような所業をしはじめました。昔の同業者を訪ねて合力《ごうりき》を乞《こ》うて廻ったり、仇敵《きゅうてき》である谷村家をさえ足繁《あししげ》く訪ねて、夕ご飯などを御馳走になって帰えるようになったのです。谷村さんも暫くの間は、先方から尾を垂れてくるのですから、いやな顔も出来ず、友達のように扱っていましたが、その内に、琴野氏が訪ねて来るのは、実は絹代さんの顔を見たり、美しい声を聞いたりする為であることが分って来たのです。とうとう絹代さんから万右衛門さんに、なんだか怖い様な気がしますから、琴野さんを家へ来ないように計らって下さいと申出た程なのです。そこで、ある日の事、万右衛門さんと宗一氏との間に、殴り合いもしかねまじい烈しい口論があって、それ以来宗一氏はパッタリと谷村家へ足踏みしなくなったのですが、それと同時に、ある事ない事谷村さんの悪口をふれ廻り始めました。殊にひどいのは、絹代さんの貞操《ていそう》を疑わせるような事を、しかも、その罪の相手は宗一氏自身であるという作り話を方々で喋りちらすことでした。

仮令《たとえ》作り話と分っていても、そんな事を間接に耳にしますと、万右衛門さんもつい妙な疑惑を抱かないではいられませんでした。私の家内は、絹代さんと大変うまが合って、よくお訪ねしては色々お世話になっていたのですが、そういう事が自然家内の耳にも入るものですから、近頃谷村さん御夫婦の間が変だ、時々高い声で口論なすっていることさえある、あれでは奥さんがお可哀相だなどと、よく私に云い云いしたものでした。

そんな風にして、先祖伝来の憎悪怨恨《えんこん》の悪血が、万右衛門さんの胸にも、宗一氏の胸にも、段々烈しく湧き立って行きました。その果てには、宗一氏から万右衛門さんに当てて、呪いに充《み》ちた挑戦の手紙が、頻々《ひんぴん》として舞込むこととなったのです。谷村さんは平常《へいぜい》は大変物分りのよい好紳士ですが、一つ間違うとまるで悪鬼のように猛《たけ》り狂う烈しい気性の持主でした。恐らくは先祖から伝わる闘争好きな血のさせる業《わざ》だったのでしょうね。

硫酸殺人事件は、こういう事情が、謂《い》わばその頂点に達していた時に起ったのです。宗一氏が前代未聞のむごたらしい方法で殺された。その丁度翌朝、万右衛門さんが汽車に乗ったまま行方不明になってしまった。とすると、絹代さんがあのように戦《おのの》き恐れたのも決して無理ではなかったのです。

さて、お話を元に戻して、私が絹代さんに呼ばれて、被害者が琴野宗一氏に違いないとうちあけられた、あの晩のことを続けて申上げますが、絹代さんは、それには着物の柄が一致するばかりでなく、こういう証拠があるのだと云って、帯の間から細《こま》かく畳《たた》んだ紙切れを取出し、それを拡げて見せてくれました。紙切れというのは手紙らしいもので、大体こんなことが書いてあったのです。

何月幾日《いくにち》の――正確な日附を今思出《おもいだ》せませんが、それはつまり殺人事件が発見された当日にあたるのです。で、何月幾日の午後四時に、G町の例の空家（例のとあるからには、この手紙の受取主であった万右衛門さんも、予《あらかじ》めその空家を知っていたのでしょうね）例の空家で待っているから、是非来て貰《もら》い度《た》い。そこで年来のいざこざを、すっかり清算したいと思うのだ。君はよもや、この手紙を読んで、卑怯《ひきょう》に逃げ隠れなどしないだろうね。まあこんなことが、しかつめらしい文章で書いてあったのです。差出人は無論琴野宗一氏で、文章の終りに、以前琴野家の店の商標であった、丸の中に宗の字の印《しるし》が書き添えてありました。

「で、御主人は、この時間に空家へ出掛けられたのですか」

私は驚いて尋ねました。万右衛門氏は感情が激すると、そういう馬鹿馬鹿しい真似《まね》も仕兼ねない人ですからね。

「それが、何とも云えませんのよ。主人はこの手紙を見ると顔色を変えて、ホラ御存知でしょう、あの人の癖の、こめかみの脈が目に見える程ビクビク動き出しましたの。わたし、これはいけないと思って、気違いみたいな人にお取合いなさらぬ方がいいって、くどくお止めして置いたのですけれど……」

と絹代さんは云うのです。それに、万右衛門さんは、さきにもちょっと申しましたように、その日午後からずっと夜おそくまで、書斎にとじこもって、東京へ持って行く新設会社の目論《もくろ》見《み》書《しょ》とかを書いていたので、絹代さんはすっかり安心していたのだそうですが、今になって考えると――一体万右衛門さんは、一晩だって行先を知らせないで家を明けたことはない人ですから、それが丸二日も行方不明になって見ると、どうもその書斎へこもっていたというのが、絹代さんを安心させる手だったかも知れないのです。万右衛門さんの書斎というのは、裏庭に面した日本座敷で、その縁側を降りて柴《し》折戸《おりど》を開ければ、自由に外へ出られたのですからね。で、恐ろしい邪推《じやすい》をすれば、家内の者に知れぬようにソッと忍び出して、すぐ近くのG町へ出かけて行き、又何喰わぬ顔で書斎に戻っていると云うことも、決して不可能ではなかったのです。

万右衛門さんが、予め殺意を以《もつ》て、その空家へ出かけて行ったというのは、全く有り得ない事でした。由緒《ゆいしょ》ある家名を捨て、美しい奥さんを捨てて、敗残の琴野氏などと命のやり取りをする気になれよう道理がありませんからね。若し出かけて行ったとすれば、ただ琴野氏の卑劣なやり方を面罵《めんば》して、拳骨《げんこつ》の一つもお見舞い申す位の考《かんがえ》だったのでしょう。併《しか》しそこに待ち構えていた相手は、さっきからも云うように、世を呪い人を呪い、気違いのようになっていた宗一氏ですから、どんな陰謀を企らんでいなかったとも限りません。若しその時宗一氏が硫酸の瓶を手にして、相手の顔を、めちゃめちゃにしてやろうと身構えていたとしたら——これは想像ですよ。併し非常に適切な想像ではないでしょうか。宗一氏にとって万右衛門さんは、憎んでも憎み足りない恋敵《こいがたき》です。その恋敵の顔を醜くしてやるというのは、実に絶好の復讐と云わねばなりません。恋人を奪った男が、生涯悶《もだ》え苦しむのみか、女の方では、つまり絹代さんの方では、その醜い男を、いつまでも夫として傅《かしず》いて行かねばならぬという、一挙にして二重の効果をおさめる訳ですからね。さて、そこへ入って行った万右衛門さんが、事前に敵の陰謀を見抜いたとしたら、どういうことになりましょうか。勃然《ぼつぜん》として起る激情を圧《おさ》えることが出来たでしょうか。幾代前の先祖から培われた憎悪の血潮《ちしお》が、分別を越えて荒れ狂わなかったでしょうか。そこに常規を逸した闘争が演じられたことは、想像に難《かた》くないではありませんか。そして、つい勢《いきお》いのおもむく所、敵の用意した劇薬を即座の武器として、あの恐ろしい結果をひき起した、と考えても、さして不合理ではないように思われます。

絹代さんは昨晩《ゆうべ》から一睡もしないで、そういう恐ろしい妄想《もうそう》を描いていたのです。そして、もうじっとしていられなくなったものですから、日頃、相当立入ったことまでも話し合っている私を呼び出して、思い切って、その恐ろしい疑惑をうちあけなすった訳でした。

「併し、いくら感情が激したからと言って、奥さんは御承知ないかも知れませんが、琴野さんは、ただ硫酸をぶッかけられたのでなく、それを飲まされていたのですよ。昔、罪人の背筋を裂いて、鉛の熱湯を流し込むという刑罰があったそうですが、それにも劣らぬ無残極《きわ》まる所業ではありませんか。御主人に、そんな残酷な真似が出来たでしょうか」

私は何の気もつかず、感じたままを云ったのですが、すると、絹代さんはさも気拙《きまず》そうに、上眼使いに私を見て、パッと赤面されたではありませんか。私は忽ちその意味を悟りました。万右衛門さんは或る意味では非常に残酷な人だったのです。少し以前、私の家内が絹代さんのお供をして、笠置《かさぎ》の温泉へ遊びに行った事がありまして、その時家内は、絹代さんの全身に、赤くなった妙な傷痕《きずあと》が沢山ついていることを知ったのです。絹代さんは、誰にも云っちゃいやよと断って、家内にだけ、その傷の謂《いわ》れをお話しなすった相ですが、万右衛門さんには、そういう意味の残酷性は十分あった訳で、絹代さんはそれを考えて、思わず赤面されたのに違いありません。

併し、私はそれを見ぬ振《ふり》して、なおも慰めの言葉をつづけました。

「あなたは大変な取越苦労《とりこしくろう》をしていらっしゃるのですよ。そんなことがあっていいものですか。御主人が出発されてから、まだ二日しかたっていないのですから、行方不明だかどうだか分りもしないのです。それに仮令あれが琴野さんだったとしても、現に赤池という気違いみたいな青年が現場《げんじょう》で捕えられているのですから、何か確かな反証でも挙《あが》らない限り、あの男が下手人《げしゅにん》と見なければなりません。恐ろしい死骸を、平気で写生していた程ですから、あいつなれば硫酸を飲ませる位のことはやったかも知れませんよ」

と、まあ色々気安めを並べて見たのですが、直覚的に殆どそれを信じ切っているらしい絹代さんは、一向取合ってくれませんでした。そこで、結局は、今どう騒いで見ても仕方がないのですから、私は何も聞かなかった体《てい》にして、もう一日二日様子を見ようではありませんか。ナアニ、谷村さんはその内にヒョッコリ帰って来られるかも知れませんよ。ただ、被害者が琴野宗一であるという点は、私が警察官なのですから、このままうっちゃって置く訳にも行きませんが、併し、それは谷村さんや奥さんのお名前を出さなくても、他の方面から確《たしか》める道がいくらもありますよ。決して御心配には及びません。と云うことで、その晩は絹代さんと分れたのです。無論、私はその夜の内に、被害者が琴野氏であるという新智識に基《もと》づいて、同氏が侘《わ》び住《ずま》いをしていた借家を訪ね、果して行方不明になっているかどうかを確めて見るつもりでした。ところが、そうして谷村家を辞して、M署へ帰って見ますと、私の留守中に何かあった様子で、署内の空気がなんとなくざわめいているではありませんか。司法主任の斎藤《さいとう》という警部補が――この人は当時県下でも指折りの名探偵と云われていたのですが――その斎藤氏がいきなり私の肩を叩いて、オイ被害者が分ったぞ、と云うのです。

よく聞いて見ますと、私が会議の席をはずして間もなく、二人づれのお菓子屋さんが署を訪ねて来て、硫酸殺人事件の被害者の着物を見せてほしいと申出たのだそうです。その着物は幸《さいわい》まだ署に置いてあったものですから、直ぐ見せてやりますと、二人の者は顔を見合せて、愈々そうだ、元駱饅頭の主人琴野宗一さんに違いない。この結城紬は琴野さんがまだ盛んの時分、態々《わざわざ》織元へ註文した別誂《べつあつら》えの柄だから、広い名古屋にも二つとない品だ。最近にもこの一張羅《いっちょうら》を着て、私共の店へ遊びに来た事がある位ですから、決して間違いはありません。という確かな証言を与えました。そこで、琴野氏の住所へ署のものが行って調べて見ますと、案《あん》の定《じょう》、一昨日《おととい》どこかへ出かけた切り、まだ帰宅しないということが判明したのだそうです。

もう何の疑う所もありません。被害者は琴野氏に確定しました。少くとも被害者に関する限り、絹代さんの直覚は恐ろしく的中したのです。この調子だと、加害者もやっぱりあの人の想像した通りかも知れないぞと、私は何だか不吉な予感に脅《おび》えないではいられませんでした。

「被害者が琴野と分って見ると、もう一軒の駱饅頭の本家を一応調べる必要があるね。なにしろ有名な敵同士《かたき》なんだから。アア、そうそう、君は確かあの駱饅頭、谷村とか云ったっけね、あすこの主人と懇意なのじゃないかね。一つ君を煩《わずら》わそうか」

司法主任が何の気もつかず、私をビクビクさせるのです。

「イヤ、私はどうも……」

「フン、懇意すぎて調べにくいと云うのかね。ヨシヨシ、それじゃ俺がやろう。そして、この神秘の謎という奴《やつ》を、一つ嗅《か》ぎ出して見るかな」

名探偵の司法主任は、舌なめずりをして、そんな事を云うのでした。

四

斎藤警部補は流石《さすが》名探偵と云われた程あって、実にテキパキと調査を進めて行きました。彼はもうその晩の内に、谷村さんが行方不明になっていることを探り出し、翌日《みず》からは、谷村家の店や住宅は勿論《もちろん》、万右衛門さんと親交のあった同業者の宅などへ、自から出向いたり部下をやったりして、忽ちの内に、私が絹代さんから聞いているだけの事情を、すっかり調べ上げてしまいました。イヤ、それ以上のある重大な事実までも探り出したのです。しかも、その新事実は、万右衛門さんが下手人であるということを、殆ど確定する程の恐ろしい力を持っていたのでした。

谷村さんが、株式組織の製菓会社を起そうとしていたことは前にも申上げた通りですが、株式と云っても一般に公募する訳ではなく、新式の製菓会社に圧迫されて営業不振をかこつ市内の主だったお菓子屋さん達が、それに対抗して新らしい活路を求める為に、各自資金を調達して、相当大規模な製菓工場を起そうということになり、会社成立の上は、谷村さんが専務取締役に就任する予定だったのですが、それについて、工場敷地買入《かいいれ》資金その他創立準備費用として、各お菓子屋さんの出資になる五万円程の現金を、谷村さんが保管して、仮りに市内のN銀行の当座預金にしてあったというのです。

二三のお菓子屋さんの口から、そのことが分ったものですから、早速絹代さんに預金通帳のありかを糺《ただ》しますと、通帳なれば主人の書斎の小型金庫にしまってある筈だというので、それを開いて見たのですが、外《ほか》の小口の預金帳は残っていましたけれど、五万円の分だけが紛失していたのです。そこで、すぐさまN銀行に問合わせた処《ところ》、その五万円は、丁度殺人事件のあった翌朝、銀行が開かれると間もなく、規定の手続《てつづき》を踏んで引出されていることが判明しました。支払係は谷村さんの顔を見慣れていませんでしたので、引出しに来たのが万右衛門さんかどうかは断言し兼ねるということでしたが、併し、これによって見ますと、谷村さんは五時の上り急行列車に乗ったと見せかけて、実は銀行の開かれる時間まで、名古屋に止《とど》まっていたことになるのです。この一事だけでも、万右衛門さんが犯人であることは、もう疑いの余地がないではありませんか。

仮令一時の激情からとは云え、殺人罪を犯して見れば、すぐ目の前にちらつくのは恐ろしい断頭台の幻です。万右衛門さんが逃げられるだけ逃げて見ようと決心したのは、人情の自然ではありますまいか。逃亡となると、すぐ入用《いりよう》なものはお金です。纏《まとま》ったお金さえあれば、捜査の網の目をのがれる為に、あらゆる手段を尽《つく》すことが出来るのですからね。万右衛門さんは、あのむごたらしい罪を犯したあとで、何喰わぬ顔で自宅に帰りました。それは一つには絹代さんにそれとなく別れを告げる為でもあったでしょう。併し、もっと重大な目的は、小型金庫の中から、五万円の通帳を取出すことではなかったでしょうか。

その外《ほか》にまだ、私だけが知っていて、検事局でも警察でも知らない一つの妙な事柄がありました。これは後になって、私の家内が絹代さんの口から聞出して来たのですが、谷村さんが東京へ行くと云って家を出た前晩、つまり殺人事件が発見されたその夜ですね、万右衛門さんの閨房《けいぼう》での様子が、どうもただごとではなかったというのです。何かこう、永《なが》の別れでもするように、さもさも名残《なごり》惜しげに、近頃になく絹代さんを愛撫《あいぶ》して、突然気違いみたいに笑い出すかと思うと、涙をポロポロ零《こぼ》して烈しいすすり泣きを始める。その熱い涙が絹代さんの頬を伝って、まるで絹代さん自身が泣いているような感じさえしたということです。万右衛門さんと云う人は、先にも申しました通り、日頃から奥さんに対する愛情の表し方が、常人とはひどく違っていたのです。そういう風変りな人だものですから、その夜のただならぬ狂態も、又いつもの病気なのだろうと、さして気にも止めなかったのだそうですが、あとになって考えると、やっぱりあれには深い意味があったのだ。万右衛門さんは本当に今生《こんじょう》の別れを告げていたのだと、ヒシヒシ思い当りますと、絹代さんが打あけなすったというのです。

そんな風にして、万右衛門さんの有罪は最早動かし難いものとなったのですが、それらの事情なぞよりも、もっと確《たしか》な証拠は、そうして十何日というものが経過したにも拘《かかわ》らず、谷村さんの行方が杳《よう》として知れないことでした。無論警察では、人相書を全国の警察署に配布して、厳重な捜索を依頼していたのですけれど、それにも拘らず、今以《もっ》て何の消息もないのを見ますと、これはもう、万右衛門さんが、あらゆる手段を尽して、故意に姿をくらましているとしか考えられないのでした。そこでやっと、あの非凡な芸術家赤池青年の釈放ということになりました。彼はこの事件の発端で甚《はなは》だ重要な一役《ひとやく》を勤めた訳ですが、考えて見れば気の毒な男です。聞けばその後、本当の気違いになってしまったということですが。

このようにして、旧幕以来の名古屋名物であった貉饅頭は、二軒が二軒とも、何の因縁でしたろうか、実にみじめな終りをとげたのでありました。気の毒なのは絹代さんでした。さて御主人がいなくなって、親戚なぞが寄り集って財産しらべをして見ますと、谷村さんがああして製菓会社を起してみたり、色々やきもきしなければならなかったのも無理でないことが分って来ました。外見は派手につくろっていたものの、内実は、谷村家には負債こそあれ、絹代さんが相続するような資産など一銭だってありはしなかったのです。T町の由緒ある土蔵作りの店舗は、三番まで抵当に入っているし、土地住宅も同じように負債の担保になっているという始末。十数本の箪笥《たんす》と、その中に入っている幾十襲《かさ》ねかの衣裳だけが、やっと奥さんの手に残ったのですが、絹代さんはそれを持って、泣く泣く里へ居《い》候《そうろう》に帰らなければならない有様でした。

さて、これで所謂《いわゆる》硫酸殺人事件は凡《すべ》て落着したように見えました。私などもそれを信じ切っていたのです。ところが、やがて実はそうでないことが分って来ました。この事件には、まるで探偵小説のような、非常に念入りな奇怪至極なトリックが用いられていたことが分って来ました。それは指紋だったのです。たった一つの指紋が事態をまるで逆転させてしまったのです。これから少し自慢話になる訳ですが……その指紋を発見したのが、この私でありました。そして、たった一つの指紋から、まるで不可能としか思えない、犯人のずば抜けたトリックを看破して、警察部長さんからお褒《ほ》めの言葉を頂いたという、まあ気のいいお話なのですが。

それは殺人が行われて半月余りも後のことでしたが、ある日、絹代さんがいよいよ住居《すまい》を手離すことになって、女中達を指図して部屋をかたづけている所へ、私が行き合わせたのです。そして取かたづけのお手伝いをしながら、元の万右衛門さんの書斎をウロウロしていて、ふと目についたのが一冊の日記帳でした。無論万右衛門さんの日記ですよ。あの人は今頃どこに隠れているのかしら、定めし取返しのつかぬ後悔に責めさいなまれていることであろう……などと感慨を催しながら、その日記の最後の記事から、段々に日を遡《さかのぼ》って目を通して行ったのですが、記事そのものには、別に意外な点もなく、ただ所々に、琴野宗一氏の執拗《しつよう》な所業を呪う言葉が書きつらねてある位のものでしたが、そのある頁を読んでいて、ヒョイと気がついたのは、頁の欄外の白い部分に、ベッタリと、拇指《おやゆび》に違いない一つの指紋が捺《お》されていることでした。万右衛門さんが日記を書きながら、インキで拇指を汚してそれと知らずに頁を繰《く》った為に、そんなハッキリした指紋が残されたのに相違ありません。

初めは何気なく眺めていたのですが、やがて私はギョッとして、穴のあく程その指紋を見つめ始めました。恐らく顔色も青ざめていたことでしょう。息遣いさえ烈しくなっていたかも知れません。絹代さんが私の恐ろしい形相に気附いて、まあ、どうなすったのと、声をかけられた程ですからね。

「奥さん、これ、これ……」と私はどもりながら、その指紋を指して「この指のあとは無論御主人のでしょうね」と詰問するように尋ねたものです。すると絹代さんは、

「エエ、そうですわ。主人はこの日記を決して他人に触《さわ》らせませんでしたから、それは主人のに間違いありませんわ」

とおっしゃるのです。

「では、奥さん、何かこう、御主人が不断《ふだん》お使いになっていた品で、指紋の残っているようなものはないでしょうか。例えば塗りものだとか、銀器だとか……」

「銀器でしたら、そこに煙草《たばこ》入れがありますが、その外には主人が手ずから扱ったような品物は、ちょっと思出せませんけれど」

絹代さんはびっくりしたような顔をしています。私はいきなりその煙草入れを取って調べて見ました。表面は拭《ぬぐ》ったように何の痕《あと》もついていませんでしたが、蓋《ふた》を取って裏を見ると、その滑《なめら》かな銀板の表に、幾つかの指紋に混って、日記帳のと一分一厘違わない拇《ぼ》指《し》紋《もん》が、まざまざと浮上っていたではありませんか。

あなたはきっと、ただ肉眼で見た位で、指紋の見分けがつくものかと、不審にお思いなさるでしょうが、我々その道で苦労していますものは、別段拡大鏡を使わずとも、少し目を接近させて熟視すれば、隆線《りゅうせん》の模様など大体見分けることが出来るのですよ。尤《もっと》も、その時はなお念の為に、書斎の机の抽斗《ひきだし》にあったレンズを出して、充分調べて見たのですが、決して私の思違いではありませんでした。

「奥さん、実に大変なことを発見したのです。まあそこへ坐って下さい。そして、私のお尋ねすることを、よく考えて答えて下さい」

私はすっかり興奮してしまって、恐らく目の色を変えて、絹代さんに詰め寄ったことと思います。その興奮がうつッたのか、絹代さんも青い顔をして、不安らしく私の前に坐りました。

「エーと、先ず第一に、あの夕方ですね、御主人が出発された前日の夕方ですね、谷村さんは無論夕ご飯を家《うち》でお上《あが》りになったでしょうが、その時の様子を、出来るだけ詳しくお話し下さいませんか」

私の質問はひどく唐突だったに違いありません。絹代さんは目を丸くして、まじまじと私の顔を見て居りましたが、

「詳しくといって、何もお話することとありませんわ」

とおっしゃるのです。といいますのは、その日谷村さんは、書斎にとじこもったきり、夢中になって調べものをして居られたので、夕ご飯なんかも絹代さんが書斎まで運んで行って、お給仕もしないで、襖《ふすま》をしめて茶の間へ帰ったというのです。そして、暫くしてから、頃を見計らって、お膳を下げに行っただけだから、別にお話することもないという事でした。これは万右衛門さんの癖でして、何か調べものをするとか、書きものや読書などに熱中している時は、朝から晩まで書斎にとじこもって、家内の人を近寄らせない。お茶なども、机の側《そば》の火鉢に銀瓶をかけておいて、自分で入れて飲むといった塩梅《あんばい》で、まるで芸術家みたいな潔癖を持っていたのです。

「で、その時御主人はどんな風をしていられました。何かあなたに物を云われましたか」

「イイエ、物なんか云うものですか。そんな時こちらから話かけようものなら、きっと呶《ど》鳴《な》りつけられるに極まっていますので、私もだんまりで引下《ひきさが》りましたの。主人は向うを向いて机に噛《かじ》りついたまま、見向きもしませんでした」

「アア、そうでしたか……それから、これはちょっとお尋ねしにくいのですが、こういう大事の場合ですから、思い切ってお聞きしますが、その晩ですね、御主人はなんでも一時頃まで書斎にこもっていて、それからお寝《やす》みになったということですが、そのお寝みになった時の様子を一つ……無論奥さんと同じ部屋なのでしょうね」

絹代さんはポッと目の縁《ふち》を赤くして――あの人はよく赤面する人でした。そうすると又一層美しく見える人でした。私は今でも、あの美しい奥さんの姿が、瞼《まぶた》の裏に残っているような気がしますよ――赤くなってモジモジしていましたが、私が真顔《まがお》になって催促するものですから、仕方なく答えました。

「奥の八畳に床《とこ》を並べて寝みますの。あの晩は、余り遅くなるものですから、私先に失礼して、ウトウトとしている所へ、そうです丁度一時頃でしたわ、主人が寝室へ入って参りましたの」

「その時部屋の電燈はつけてありましたか」

「イイエ、いつも消して置く習慣だったものですから……廊下の電燈が障子《しょうじ》に射《さ》して、真暗という程でもありませんの」

「それで、御主人は何かお話になりましたか。イイエ、ほかのことは何もお聞きしないでもいいのです。ただ、その晩寝室で、御主人との間に、世間話とか、家庭のこととか、何かお話があったかどうかという事を伺いたいのです」

「別になにも……そう云えば、本当に話らしい話は、何もしなかったようですわ」

「そして、四時前にはもう起きていらしったのですね。その時の様子は？」

「私つい寝すごして、主人が起きて行ったのを知りませんでしたの。丁度その朝電燈に故障があって、主人は蠟燭《ろうそく》の火で洋服を着たのですが、化粧室ですっかり着更《きが》えをするまで、私ちっとも知らなかったのです。そうしている所へ前の晩から云いつけてあった人力車が参りましたので、女中と私とがやっぱり蠟燭を持って、玄関の所までお見送りしましたの」

まるで講釈師みたいな変な話し方になりましたが、これは決して写実の意味ではありませんよ。話の筋を分りやすくする為の便法です。ダラダラお話していたのでは、御退屈を増すばかりだと思いますので、本当の要点だけを摘《つま》んでいるのですよ。無論こんな簡単な会話で、私の探り出そうとしていたことが分ろう筈はありません。その時の私達の会話は、たっぷり一時間もかかったのですからね。

で、つまり、その朝万右衛門さんは、食事もしないで出掛けたのだそうです。秋の四時と云えば、夜半《よなか》ですから、それも尤もな訳ではありますがね。まあこういう風にして聞き度《た》いだけのことを、すっかり聞いてしまいました。私はドキドキしながら、手に汗を握って、この奇妙な質問を続けていたのです。私の組立てた途方もない妄想が、適中するかどうかと、まるで一か八《ばち》かの骸子《さいころ》でも振るような気持でした。ところが、どうでしょう。その晩の様子を聞けば聞く程、私の妄想は段々現実の色を濃くして来るではありませんか。

「すると、奥さんはあの夕方から翌朝までの間、御主人の顔を、はっきりごらんなすったことは一度もない訳ですね。又、話らしい話もなさらなかったのですね」

私が愈々最後の質問を発しますと、絹代さんは、暫くの間その意味を解《かい》しかねて、ぼんやりしていましたが、やがて徐々に表情が変って行きました。それはまるでお化けにでも出喰わしたような無残な恐怖でした。

「マア、何をおっしゃってますの？　それは一体どういう意味ですの？　早く、早く訳を聞かせて下さい」

「では、奥さんは自信がないのですね。あれが果して御主人だったかどうか」

「マア、いくらなんでも、そんなことが……」

「併し、はっきり顔をごらんなすった訳ではないでしょう。それに、あの晩に限って、御主人はどうしてそんなに無口だったのですか。よく考えてごらんなさい。夕方から朝までですよ。その間に一度も話らしい話もしない一家の主人なんてあるものでしょうか。書斎にとじこもっていらしった間は別としても、それからあと出発される迄《まで》には、留守中云い置くこととか、なんかお話があるべきじゃないでしょうか」

「そういえば、本当に無口でしたわ。旅立ちの前に、あんなに無口であったことは、一度もありませんでしたわ。マア、私どうしましょう。これは一体どうしたということでしょう。気が違い相ですわ。早く本当の事をおっしゃって下さい。早く……」

絹代さんのこの時の驚きと恐れとが、どのようなものであったか、あなたにも十分御想像がつくと思います。流石に私もそこまでは突込むことは出来ませんでしたし、絹代さんの方でも、無論それに触れはしなかったのですが、若しあの晩の男が万右衛門さんでなかったとすると、絹代さんは実に女としての最大の恥辱《ちじよく》に遭《あ》った訳なのです。さい前《ぜん》も申しました通り、私の家内を通じて知った所によりますと、その晩に限って、万右衛門さんの様子が、不断《ふだん》とは非常に違っていたと云うではありませんか。突然笑い出すかと思うと、又忽ち泣き出したというではありませんか。そして、その熱い涙が絹代さんの頬をグショグショに濡らしたというではありませんか。それを今迄は、谷村さんが殺人犯人である為に気が顚倒していたのだ、あの涙は奥さんとの訣別《けつべつ》の涙だったのだ、と極めてしまっていましたけれど、若しその人が万右衛門さんでなかったとすれば、あの執拗な抱擁《ほうよう》も、笑いも、涙も、全く別な、非常にいまわしい意味を持って来るではありませんか。

そんな馬鹿馬鹿しい事が起るものだろうか。あなたはきっとそうおっしゃるでしょうね。併し、昔からずば抜けた犯罪者達は、全くあり相もない事を、不可能としか思われぬことを、易々《やすやす》とやってのけたではありませんか。それでこそ、彼等は犯罪史上に不朽《ふきゆう》の悪名を残すことが出来たのではありませんか。

絹代さんの立場は、ただ不幸という外に言葉はありません。そういう思い違いをしたとしても、決してあの人の罪ではないのです。犯人の思いつきが余りにも病的で、常規を逸していたのです。あらゆる物質が慣性《かんせい》とか惰力《だりょく》とかいう奇妙な力に支配されているように、人間の心理にも、それと似た力が働いています。書斎に坐り込んで調べものをしている人は、若しその着物が同じで、後姿《うしろすがた》がそっくりであったとしたら、主人に違いないと思い込んでしまうのです。書斎に入るまでは確かにその人だったのですから、別の事情が生じない限り——そして、その別の事情は生じてはいたのですが、ずっと後になって初めて分ったのです——書斎から出て来た人も主人だと思い込むのに、何の無理がありましょう。それから寝室、朝の出発、凡てはこの錯覚の継続でした。大胆不敵の曲者《くせもの》は、同時に又甚だ細心でありまして、そこには電燈の故障というような微妙なトリックまで用意されていました。絹代さんの話によれば、あとで電燈会社の人を呼んで検べて貰いますと、故障でも何でもなく、どうしてはずれたのか、いつの間にやら大本《おおもと》のスイッチの蓋が開いて、電流が切れていたのだということです。つまり曲者は、皆の寝静まっている間に台所へ行って、鴨居《かもい》の上にあるスイッチ箱の蓋を開いて置きさえすればよかったのです。普通の家庭では大本のスイッチのことなど一向注意しないものですから、惶《せわ》しい出発の際に、女中達がそこまで気のつく筈はないと、チャンと計算を立てていたのに違いありません。

「では、では、あなたは、あれが主人でないとすると、一体誰だったとおっしゃるのですか」

やっとしてから、絹代さんが泣き相な声で、恐る恐る尋ねました。

「びっくりなすってはいけませんよ。僕の想像が当っているとすれば、イヤイヤ、想像ではなくて、もう殆ど間違いのない事実ですが、あれは琴野宗一だったのです」

それを聞くと、絹代さんの美しい顔が、子供が泣き出す時のように、キュッと歪《ゆが》みました。

「イイエ、そんな筈はありません。あなたは何を云っていらっしゃるのです。夢でもごらんなすったのですか。琴野さんは、ああして殺されたではありませんか。殺されたのがあの日の夕方だと云うではありませんか」

絹代さんにして見れば、藁《わら》にもすがりついて、この恐ろしい考《かんがえ》を否定したかったのに違いありません。

「イヤ、そうではないのです。あなたには実になんとも云いようのない程お気の毒なことですが、殺されていたのは琴野さんではなくて……琴野さんの着物を着せられた谷村さんだったのですよ。御主人だったのですよ」

私はとうとうそれを云わねばなりませんでした。絹代さんは本当に可哀相でした。行方不明にもせよ、谷村さんがこの世のどこかの隅に隠れていたとすれば、どうしたことで再会出来ぬとも限らないのですが、そうではなくて、谷村さんこそ被害者——あのはぜた石榴みたいにむごたらしく殺されていた当人だとすると、仮令、夫は恐ろしい殺人者ではなかったのだという気安めがあるにもせよ、悲痛の情は一層切実に迫って来るに違いありませんからね。その上、更《さ》らに更らに惨酷なことは、……………、……………男が、谷村家にとっては累代《るいだい》の仇敵、夫の万右衛門さんが蛇蝎《だかつ》の如く忌《い》み嫌っていた男、イヤ、そんなことはまだどうでもいいのです、何よりも恐ろしいのは、それが万右衛門さんを殺害した――無理やり硫酸を飲ませて殺害した当の下手人であったということでした。女として、妻として、殆ど耐え難い事柄ではないでしょうか。

「私、どうにも信じ切れません。それには何か確かな証拠でもありますの？　どうか何もかもおっしゃって下さいまし。私もう覚悟して居りますから」

絹代さんは全く色を失ったカサカサの唇で、幽かに云うのでした。

「エエ、お気の毒ですけれど、確かすぎる証拠があるのです。この日記帳と煙草入に残された指紋は、さっきもあなたに確めました通り、御主人の谷村さんのものに間違いないのですが、その指紋とあのG町の空家で殺されていた男の指紋とが、ピッタリ一致するのですよ」

その頃愛知県にはまだ索引指紋設備はなかったのですが、この事件の被害者は、何しろ顔が滅茶滅茶になっていて、容易に身元が判明しそうもなかったものですから、万一東京の索引指紋にある前科者であった場合を考慮して、ちゃんと指紋を採って置いたのでした。当時駆け出しの刑事巡査で、しかも探偵小説好きの私のことですから、指紋などにも特別の興味を持っていまして、その被害者の指紋を、一つ一つ、ハンブルヒ指紋法で以て分類して見た程です。と云っても、細い隆線の特徴を悉《ことごと》く記憶しているなんてことは出来るものではありませんが、この被害者の右の拇指紋に限って、特に覚え易い訳があったのです。それは乙種蹄状紋《おつしゅていじょうもん》——といいますのは、ひづめ型の隆線が小指の側《がわ》から始まって、又小指の方へ戻っているあれですね。その乙種蹄状紋の、外端《がいたん》と内端《ないたん》との間の線が、丁度七本でして、索引の価《あたい》で云えば3に当るのです。併し、それだけでは別に覚え易くもなんともありませんけれど、その七本の隆線を斜《ななめ》によぎって、極《ご》く小さな切傷のあとがついていたのですよ。同じ乙種蹄状紋で、同じ価で、同じ型の傷痕《きずあと》のある指が、この世に二つあろうとは考えられません。つまりこの指紋こそ、G町の空家で死んでいた男が、琴野氏ではなくて谷村さんであったという、動かし難い確証ではありますまいか。無論、あとになって、私は日記帳の指紋と、M署に保存してあった被害者のそれとを、綿密に比較して見ましたが、二つは全く一分一厘違っていないことが確められました。

私が、この驚くべき発見と推理とを、上官に対して詳細に報告したのは申すまでもありません。そして、このたった一つの指紋から、既に確定的になっていた犯人推定が、全く逆転し、当局者は勿論、あの地方の新聞記者を心底《しんそこ》から仰天《ぎょうてん》せしめたことも、又申すまでもありません。まだ若かった私は、この大手柄を、もう有頂天《うちょうてん》になって喜ばない訳には行きませんでした。

こんな風にお話しますと、被害者が琴野でないことは最初から分っていたではないか、硫酸の為に顔形《かおかたち》が見分けられないという事を、どうして疑わなかったのか。そういうトリックは、探偵小説などにはザラにあるのではないかと、我々の迂闊《うかつ》をお笑いなさるかも知れませんね。ですが、それは検事局にしろ、警察にしろ、最初一応は疑って見たのです。ところが、この犯罪には、そういう疑《うたがい》を全く許さないような、一度は疑っても、忽ちそれを忘れさせてしまうような、実に巧妙大胆な、もう一つの大きなトリックが、ちゃんと用意されていたのでした。といいますのは、谷村家の書斎での、あのずば抜けた人間すり替えの芸当によって、当の被害者の奥さんをまんまと罠にかけて、万右衛門さんは少くとも殺人事件の翌朝までは生きていた、その人が被害者である筈はないと信じさせてしまったことです。絹代さんの証言によって、あの夕方、問題の空家で谷村、琴野両氏が出会ったことは、想像に難くはないのです。そして、その一方の谷村さんが生き残っていたとしたら、前後の事情から考えて、被害者は琴野氏の外にはないということになるではありませんか。この二人は脊恰好《せかっこう》も殆ど同じでしたし、頭はどちらも短い五分刈りにしていたのですし、着物を着更えさせて、顔をつぶしてしまえば、殆ど見分けがつきはしないのです。その上に、当の万右衛門さんはちゃんと生きていたことになっているのですから、絹代さんが現場に出向いて――犯人にはそれが一番恐ろしかったに違いありません――死人の身体《からだ》を検分するという危険なども、起りようがないのでした。実に何から何まで、うまい工合に考え抜いてあったではありませんか。併し、探偵小説の慣用句を使いますと、犯人にはたった一つ手抜《てぬか》りがあったのです。つまり、折角顔をつぶしながら、その顔よりももっと有力な個人鑑別の手掛りである指紋をつぶして置かなかったことです。ある探偵小説家の口調を真似れば、この事件では、指紋というものが、琴野氏の盲点に入っていたという訳です。

それにしても、まあ何とよく考えた犯罪でしたろう。琴野氏はこの一挙にして、先祖累代の怨敵《おんてき》を、思う存分残酷な——残酷であればある程、却って嫌疑を免《まぬか》れる為には好都合だったのです——残酷な手段でなきものにすると同時に、年来あこがれの恋人と、仮令……………………、……………………、……………………、それが又、罪跡をくらます最も重要な手段であろうとは、何といううまい思いつきだった——のでしょう——そして第三に、金庫の中の通帳を盗み出すことによって、赤貧《せきひん》の身が忽ち大金持になれたのではありませんか。つまり一石にして三鳥という、まるでお伽噺《とぎばなし》の魔法使《まほうつかい》かなんぞのような手際《てぎわ》でした。

今になって考えて見ますと、犯罪の少し前、琴野氏が、日頃の恨みを忘れたように、ノメノメと谷村家へ出入りしましたのは、ただ絹代さんの顔が見たいばかりではなかったのです。谷村さん夫婦の習慣だとか、家の間取りだとか、金庫の開き方だとか、実印の所在だとか、電燈のスイッチのありかまでも、すっかり調べ上げて置く為だったに違いありません。そして、その金庫の中へ纏まった会社創立資金が納められるのを待って、且《か》つは谷村さんが上京するという、丁度その夕方を選んで、いよいよ事を決行したのだと考えます。

琴野氏の犯行の経路などは、あなたには蛇足《だそく》でしょうと思いますが、探偵小説などの手法に習って、簡単に申添《もうしそ》えて置きますと、先ず硫酸の瓶を用意して、空家に待伏せ、谷村さんが入って来ると、いきなり手足をしばり上げて、あの無残な罪を犯したのです。それから、縛った縄を一度ほどいて、すっかり着物を取替え、再び元の縄目の上を縛りつけて置いたのでしょう。そうして、谷村さんになりすました琴野氏は、硫酸の空瓶をどっかへ隠した上、通行者に見とがめられぬよう、細心の注意を払って、案内知った柴折戸《しおりど》から、谷村家の書斎にこもってしまったという訳なのです。それからのちの順序は、さい前詳《ぜん》しくお話したのですから、もう附加えることはないと思います。

これで硫酸殺人事件のお話はおしまいです。どうも大変長話になってしまって、恐縮でした。あなたには御迷惑だったか知りませんが、でも、こうしてお話させて頂いたお蔭で、当時の事をありありと思出すことが出来ました。早速私の「犯罪捜査録」に書きとめて置くことに致しましょう。

五

「イヤ、迷惑どころですか、大変面白かったですよ。あなたは名探偵でいらっしゃるばかりでなく、話術家としても、どうして大したものだと思いますよ。近来にない愉快な時間を過《すご》させて頂きました。ですが、お話は条理を尽してよく分りましたが、たった一つまだ伺ってないことがあるようですね。それは、その琴野という真犯人が、後《あと》になって捕まったかどうかということです」

猪股氏は、私の長話を聞き終った時、異様に私を褒め称《たた》えながら、そんなことを尋ねるのであった。

「ところが、残念ながら、犯人を逮捕することは出来なかったのです。人相書は勿論、琴野の写真の複製を沢山作らせて、全国の主な警察署に配布した程なんですが、人間一人隠れようと思えば隠れられるものと見えますね。その後十年近くになりますけれど、未《いま》だに犯人は挙《あが》らないのです。琴野氏は、どこか警察の目の届かぬ所で、もう死んでしまっているかも知れませんよ。仮令生きていたとしても、局に当った私自身でさえ殆ど忘れている程ですから、もう捕まりっこはありますまいね」

そう答えると、猪股氏はニコニコして、私の顔をじっと見つめていたが、

「すると犯人自身の自白はまだなかった訳ですね。そこにはただ、あなたという優れた探偵家の推理があっただけなのですね」

と、聞き方によっては、皮肉にとれるようなことを云うのである。

私は妙な不快を感じて黙っていた。猪股氏も何か考え事をしながら、遥か目の下の青黒

い淵をボンヤリと眺めている。もう夕暮に近く、曇った空は愈々鈍い光になって、地上の万物をじっと圧えつけているように感じられた。前方に重なる山々は、殆ど真黒に見え、崖《がけ》の下を覗くと、薄ぼんやりとした靄《もや》のようなものが立ちこめていた。見る限り一物の動くものとてもない、死のような世界であった。遠くから聞えて来る滝の響《ひびき》は、何か不吉な前兆のように、私の心臓の鼓動と調子を合わせていた。

やがて、猪股氏は、淵を覗いていた目を上げて、何か意味ありげに私を見た。色ガラスの眼鏡が、鈍い空を写してギランと光った。ガラスを透《とお》して二重瞼のつぶらな目が見えている。私は、その左の方の目だけが、さい前からの長い間、一度も瞬《まばた》きしなかったことを気附いていた。きっと義眼に違いない。別に眼が悪くもないのに色眼鏡なんか掛けているのは、あの義眼をごまかす為なんだな。意味もなくそんなことを考えながら、私は相手の顔を見返していた。すると、猪股氏が突然妙なことを云い出したのである。

「子供の遊びのジャンケンというのを御存知でしょう。私はあれがうまいですよ。一つやって見ようじゃありませんか。きっとあなたを負かしてお目にかけますよ」

私はあっけに取られて、ちょっとの間黙っていたが、相手が子供らしく挑んでくるものだから、少しばかり癪《しゃく》に触って、じゃあと云って、右手を前に出したものである。そこで、ジャン、ケン、ポン、ジャン、ケン、ポンと、大人のどら声が、静かな谷に響き渡ったのであるが、成程やって見ると、猪股氏は実に強いのだ。最初数回はどちらとも云えなかったけれど、それからあとは、断然強くなって、どんなに口惜《くやし》がっても、私には勝てないのだ。私がとうとう兜《かぶと》を脱ぐと、猪股氏は笑いながら、こんな風に説明したことである。

「どうです、かないますまい。ジャンケンだって、なかなか馬鹿には出来ませんよ。この競技には無限の奥底があるのです。その原理は数理哲学というようなものではないかと思うのですよ。先ず最初『紙』を出して負けたとしますね。一番単純な子供は、『紙』で負けたのだから、次には『鋏《はさみ》』に勝つ『石』を出すでしょう。これが最も幼稚な方法です。それより少し賢い子供は、『紙』で負けたのだから、敵はきっと、自分が次に『石』を出すと考え、それに勝つ『紙』を選ぶだろう。だからその『紙』を敗《やぶ》る『鋏』を出そうと考えるでしょう。先ずこれが普通の考え方なのです。ところが、もっともっと賢い子供は、更らにこんな風に考えます。最初『紙』で負けたのだから、次には自分が『石』を出すと考えて敵は『紙』を選ぶであろう。それ故、自分は『紙』に勝つ『鋏』を出そうと考えている。ということを、敵は悟るに違いない。すると敵は『石』を選ぶ筈だ。だから自分はそれに勝つ『紙』を出すのだとね。こんな風にして、いつも敵より一段奥を考えて行きさえすれば、必ずジャンケンに勝てるのですよ。そして、これは何もジャンケンに限ったことではなく、あらゆる人事の葛藤《かっとう》に応用が出来るのだと思います。相手よりも一つ奥を考えている人が、常に勝利を得ているのです。それと同じことが犯罪についても云えないでしょうか。犯人と探偵とは、いつでもこのジャンケンをやっているのだと考えられないでしょうか。非常に優れた犯罪者は、検事なり警察官なりの物の考え方を綿密に研究して、そのもう一つ奥を実行するに違いありません。そうすれば彼は永久に捕われることがないのではありますまいか」

そこでちょっと言葉を切った猪股氏は、私の顔を見て、又ニッコリと笑ったのだ。

「エドガア・ポオの『盗まれた手紙』は無論あなたも御存知だと思いますが、あれには私のとは少し違った意味で、子供の丁《ちょう》か半《はん》かの遊びのことが書いてあります。そのあとに、丁半遊びの上手な非常に賢い子供に、その秘訣《ひけつ》を尋ねると、子供がこんな風に答える所がありますね……相手がどんなに賢いか馬鹿か、善人か悪人か、今丁度相手がどんなことを考えているかを知り度い時には、自分の顔の表情を出来るだけその人と同じようにします。そして、その表情と一致するようにして、自分の心に起って来る気持を、よく考えて見ればよいのですとね。デュパンは、その子供の答えはマキャベリやカンパネラなどの哲学上の思索よりも、もっと深遠なものだと説《と》いていたように思います。ところで、あなたは硫酸殺人事件を捜査なさる時、仮想の犯人に対して、表情を一致させるというようなことをお考えになったでしょうか。恐らくそうではありますまい。現に今私とジャンケンをやっていた時にも、あなたはそういう点には全く無関心のように見えましたが……」

私は相手のネチネチした長たらしい話し振りに、非常な嫌悪を感じ始めていた。この男は一体何を云おうとしているのであろう。

「あなたのお話を伺っていますと、なんだか硫酸事件での私の推理が間違っていた、犯人の方が一段奥を考えていたというように聞えますが、若しやあなたは、私の推理とは違った、別のお考えがお有りなさるのではありませんか」

私はつい皮肉らしく反問しないではいられなかった。すると猪股氏は、又してもニコニコ笑いながら、こんなことを云うのである。

「そうですね、もう一歩奥を考えるものに取っては、あなたの推理を覆《くつがえ》すのは、非常にたやすいことではないかと思うのです。丁度あなたが、たった一つの指紋から、それまでの推定を覆されたように、やっぱりたった一ことで、あなたの推理をも、逆転させることが出来るかと思うのです」

私はそれを聞くと、グッと癇癪《かんしゃく》がこみあげて来た。十何年というものその道で苦労して来たこの私に対して、何という失礼な云い分であろう。

「では、あなたのお考を承《うけたまわ》りたいものですね。たった一ことで私の推定を覆して見せて頂きたいものですね」

「エエ、お望みとあれば……それはほんのちょっとしたつまらない事なんです。あなたはこういうことが確信出来ますか、例の日記帳と煙草入れに残っていた問題の指紋ですね、その指紋に全く作為がなかったと確信出来るのですか」

「作為とおっしゃるのは？」

「つまりですね。当然谷村氏の指紋が残っているべき物品に、谷村氏のではなくて別の人の指紋が、故意に捺されていた、という事は想像出来ないものでしょうか」

私は黙っていた。相手の意味する所が、まだ判然とは分らなかったけれども、その言葉の中に、何かしら私をギョッとさせるようなものがあったのだ。

「お分りになりませんか。谷村氏がですね、ある計画を立てて、谷村氏の身辺の品物に——日記帳とか煙草入れとかですね、あなたはその二品しか注意されなかったようですが、もっと探して見たら、外の品物にも同じ指紋が用意されていたかも知れませんぜ——その品々に、さも谷村氏自身のものであるかの如く、全く別人の指紋を捺させて置くということは、若しその相手がしょっちゅう谷村家へ出入りしている人物であったら、さして困難な仕事でもないではありませんか」

「それは出来るかも知れませんが、その別人というのは、一体誰のことをおっしゃっているのですか」

「琴野宗一ですよ」猪股氏は少しも言葉の調子を変えないで云った。「琴野は一時しげしげと谷村家へ出入りしていたというではありませんか。谷村氏は相手に疑いを抱かせないで、琴野の指紋を方々へ捺させることなど、少しも難しくはなかったのです。それと同時に、谷村自身の指紋が残っていそうな滑かな品物は、一つ残らず探し出して、注意深く拭きとって置いたことは申すまでもありません」

「あれが琴野の指紋……そういうことが成立つものでしょうか」

私は異様な昏迷《こんめい》に陥って、今から考えると恥しい愚問を発したものである。

「成立ちますとも……あなたは錯覚に陥っているのです。空家で殺されていたのが、谷村氏であるという信仰が邪魔をしているのです。若しあれが谷村氏でなくて、最初の推定通り琴野であったとすれば、その死体から採った指紋は、云うまでもなく琴野自身のものです。そうすれば、日記帳の指紋に作為があって、それも同じ琴野のものだったとしても、少しも不合理はないではありませんか」

「では犯人は？」

私はつい引込まれて、愚問を繰返《くりかえ》す外はなかった。

「無論、日記帳などに琴野の指紋を捺させた人物、即《すなわ》ち谷村万右衛門です」

猪股氏は、何かそれが動かし難い事実でもあるかの如く、彼自身犯行を目撃していたかの如く、人もなげに断言するのであった。

「谷村氏が金の必要に迫られていたことは、あなたにもお分りでしょう。貉饅頭はもう破産の外はない運命だったのです。何十万という負債は不動産を処分した位でおッつくものではない。そういう不面目を忍ぶよりは、五万円の現金を持って逃亡した方がどれ程幸福か知れません。併しそれだけの理由ではどうも薄弱なようです。谷村氏は偶然琴野を殺したのではなく、前々から計画を立てて時機を待っていたのですからね。金銭の外の動機と云えば——細君をあんなひどい目に合せて平気でいられる動機と云えば——さしずめ女の外にはありません。そうです。谷村氏は恋をしていたのです。しかも、他人の妻と不倫の恋をしていたのです。いずれは手に手を取って、世間の眼を逃れなければならぬ運命でした。第三の動機は、無論琴野その人に対する怨恨です。恋と、金と、恨みと、谷村氏の場合も亦《また》、あなたの謂われる一石三鳥の名案であったのですよ。

当時谷村氏の知合いに、あなたという探偵小説好きな、実際家と云うよりは、どちらかと云えば、寧《むし》ろ空想的な肌合の刑事探偵がありました。若しあなたがいなかったら、彼はああいう廻りくどい計画は立てなかったことでしょう。つまり、あなたというものが、谷村氏の唯一の目標だったのです。さっきの丁半遊びの子供のように、あなたと同じ表情をして、又ジャンケンの場合のように、あなたの一段奥を考えて、谷村氏は凡ての計画を立てました。そして、それが全く思う壺《つぼ》にはまったのです。ずば抜けた犯罪者には、その相手役として、優れた探偵が必要なのです。そういう探偵がいてこそ、初めて彼のトリックが役立ち、彼は安全であることが出来るのです。

谷村氏にとって、この異様な計画には、常人の思いも及ばない魅力がありました。あなたも御承知の通り、イヤ、あなたがお考えになっているよりも遥かに多分に、彼はサード侯爵の子孫でした。もう飽きの来ている細君ではありましたが、あの最後の大芝居は実にすばらしかったのです。谷村氏自身が、谷村氏に変装した琴野であるかの如く装って、物も云わず、顔も見せないように細心の注意を払いながら、ある瞬間はもう琴野その人になり切ってしまって、或《あるい》は笑い、或は泣き、我れと我が女房に世にも不思議な不義の契りを結んだのでした。

あなたは、この谷村氏のサード的傾向に、もう一つの意味があったことをお気附きでしょうか。というのは、あの残虐この上もない殺人方法です。あの方法こそ、彼のサード的な独創力を示すものではありますまいか。あなたはさい前、はぜた石榴というすばい形容をなさいましたね。そうです。谷村氏はそのはぜた石榴に何とも云えない恐ろしい誘惑を感じたのでした。そして、それが彼の着想の謂わば出発点だったのです。一人の人間を殺して、その顔を見分けられぬ程滅茶苦茶に傷けて置くということは、何を意味するでしょうか。少し敏感な警察官なれば、そこに被害者の人物の欺瞞《ぎまん》が行われているに違いないと悟るでありましょう。その被害者が若し琴野の着物を着ていたならば、それは犯人が琴野の死骸に見せかけようとしたのであって、実は琴野以外の人物に相違ないと信ずるでありましょう。ところがそう信じさせる事が、谷村氏の思う壺だったのです。被害者は最初の見せかけ通り、やっぱり琴野でしかなかったのですからね。

そういう訳ですから、あの硫酸の瓶も、琴野の方で持って来たのではなく、谷村氏が前以《も》って買入れて置いて、空家に携《たずさ》えて行ったのです。そして、仕事をすませた帰り途《みち》、道端のどぶ川の中へ投込んでしまったのです。それからがあのお芝居でした。谷村氏が、谷村氏に化けた琴野になりすまして、谷村氏自身の書斎へ、まるで他人の部屋へ忍込むようにして、ビクビクしながら入って行ったのです」

　私は猪股氏のまるで見ていたような断定に、あきれ果ててしまった。一体この男は誰なのだ。何の目的で、こんな途方もないことを云い出したのであろう。単なる論理の遊戯にしては、余りに詳細を極め、余りに独断に過ぎるではないか。私が黙り込んでいるものだから、猪股氏は又別のことを喋《しゃべ》り始めた。

「サア、もう余程以前のことですが、当時私の家《うち》へよく遊びに来た、大変探偵小説好きの男があったのです。私はいつもその人と犯罪談を戦わせたものですが、ある時、殺人犯人の最も巧妙なトリックは何であろうということが話題になって、結局私達の意見は、被害者が即ち犯人であったというトリックが、一番面白いと極ったのでした。併し、この被害者即加害者のトリックは、観念としては実に奇抜なのだけれど、具体的に考えて見ると、犯人が不治《ふじ》の病《やまい》なんかに罹《かか》っていて、どうせない命だからというので、他殺の如く見せかけて自殺をし、その殺人の嫌疑を他の人物にかけて置く場合か、又は、被害者が数人ある殺人事件で、その被害者の中に犯人が混っていて、犯人だけは生命に別状のない重傷を受け――つまり自《みず》から傷けて――嫌疑を免れるという場合、などが主なもので、存外平凡なのではないかという意見が出たのです。私は、イヤそうではない。それは犯人の智恵がまだ足りないので、優れた犯罪者なれば、被害者即加害者のトリックだって、もっと気の利いたものを案出するに違いないと主張したものでした。すると、その私の友達は、我々が今こうして考えて見ても、思い浮ばないのだから、そういうトリックがあり相に思われぬというのです。イヤ、そうではない、きっとあるに違いない。イヤ、ある筈がないと、まあ大変な論争になったのですが、その折の私の主張が、ここで立証された訳ではないでしょうか。つまりですね、硫酸殺人事件では、指紋の作為と、あの夕方から朝までの思い切ったた変身のトリックによって、被害者は谷村氏に違いないとこの長の年月確信されていたのですが、今申した私の推理が正しいとしますと——そして、それは正しいに極っているのですが——真犯人は意外にも、被害者と推定された谷村氏その人ではなかったのですか。被害者が即ち犯人だったではありませんか。

いくらうまいトリックを用いたからと云って、一体一人《ひとり》の男が他人の細君の夫に化けて、その細君と一夜を過すなんて放《はな》れ業《わざ》が現実に行なわれ得るものでしょうか。小説的には実に此《こ》の上もなく面白い着想ですし、そしてあなたなどは、この着想に忽ち誘惑を御感じなすったに違いないと思うのですけれど……」

この話を聞いている内に、私の心に、何か非常に遠い、幽かな記憶が甦《よみがえ》って来る感じがした。どうも私にもそれと同じ経験があるように思われるのだ。だが猪股氏は全く初対面の人である。その時の私の話相手がこの猪股氏でなかったことは確《たしか》だ。では、あれは一体誰だったのかしら。私はお化けを見ているような気がした。何かモヤモヤした大きなものが、眼の前に立ちふさがっている。そいつは、ゾッとする程恐ろしい奴に違いないのだが、併し、もどかしいことには、どうしてもはっきりした正体が掴めないのだ。

その時、猪股氏は又しても、実に突飛なことを始めたのである。彼は言葉を切って、暫く私の顔を眺めていたが、何かチラと妙な表情をしたかと思うと、いきなり両手を口の辺に持って行って、ガクガクと二枚の総入歯を引き出してしまった。すると、そのあとに、八十歳のお婆さんの口が残った。つまり、入歯という支柱がなくなったものだから、鼻から下が極度に縮小されて、顔全体が圧《お》しつぶした提燈《ちょうちん》のようにペチャンコになってしまったのである。

冒頭にも記した通り、猪股氏は禿頭《とくとう》ではあったけれど、それが大変智識的に見えたのだし、その上、高い鼻と、哲学者めいた三角型の顎鬚《あごひげ》が風情《ふぜい》を添えて、なかなかの美男子であったのだが、そうしてお座のさめた総入歯をはずすと、一体人間の相好《そうごう》がこんなにまで変るものかと思われる程、みじめな顔になってしまった。それは歯というものを持たない八十歳のお婆さんの顔でもあれば、又同時に、生れたばかりの赤ん坊のあの皺くちゃな顔でもあった。

猪股氏はその平べったい顔のまま、色眼鏡をはずし、両眼をつむって、力ない唇をペチャペチャさせながら非常に不明瞭な言葉で、こんなことを云うのであった。

「一つ、よく私の顔を見て下さい。先ずこの私の眼を二重瞼ではないと想像してごらんなさい。眉毛《まゆげ》をグッと濃くしてごらんなさい。又、この鼻をもう少し低くして考えてごらんなさい。それから、鬚をなくしてしまって、その代りに、頭に五分刈りの濃い髪の毛を植えつけてごらんなさい……どうです。分りませんか。あなたの記憶の中に、そういう顔が残ってはいませんかしら」

彼は、サア見て下さいと云う恰好で、顎を突出し、目を閉じて、じっとしていた。

私は云われるままに、暫くその架空の相貌《そうぼう》を頭の中に描いていたが、すると、写真のピントを合せるように、そこに実に意外な人物の顔が、ボーッと浮き上って来た。アア、そうだったのか、それなればこそ、猪股氏はあんな独断的な物の云い方をすることが出来たのか。

「分りました。分りました。あなたは谷村万右衛門さんですね」

私はつい叫び声を立てないではいられなかった。

「そう、僕はその谷村だよ。君にも似合わない、少し分り方が遅かったようだね」

猪股氏、イヤ谷村万右衛門さんは、そう云って、低い声でフフフ……と笑ったのである。

「ですが、どうしてそんなにお顔が変ったのです。僕にはまだ信じ切れない程ですが……」

谷村さんは、それに答える為に、又入歯をはめて、明瞭な口調になって話し出した。

「僕は確か、あの時分、変装についても、君と議論をしたことがあったと思うが、その持論を実行したまでなのだよ。僕は銀行から五万円を引出すと、ちょっとした変装をして、さっきも云ったある人の妻と、すぐ上海へ高飛びしたのだ。君の話にもあった通り、あれが琴野の死骸だということは、丸二日の間分らないでいたのだから、僕は殆ど危険を感じることはなかった。僕というものが一応疑われ出した時分には、二人はもう朝鮮に入って、長い退屈な汽車の中にいたのだよ。僕は海の旅を恐れたのだ。汽船という奴は犯罪者には何だか檻《おり》のような気がして、苦手なものだね。

僕達は上海のある支那人の部屋を借りて、一年程過した。僕の感情については、立入ってお話する気はないけれど、兎も角、非常に楽しい一年であったことは間違いない。絹代は普通の意味で美しい女ではあったけれど、僕とは性分が合わないのだ。僕は明子《あきこ》みたいな──それが僕と一緒に逃げた女の名だがね──明子みたいな陰性の妖婦が好きだよ。僕はあれに心底《しんそこ》から恋していた。今でもその気持はちっとも変らない。出来ることなら変ってほしいと思うのだけれど、どうしても駄目だ。

その上海にいる間に、万一の場合を考えて、大がかりな変装を試みたのだ。顔料を使ったり、つけ髯《ひげ》や鬘《かつら》を用いる変装は、僕に云わせれば、本当の変装じゃない。僕は谷村という男をこの世から抹殺してしまって、全く別の新らしい人間を拵《こしら》え上げようと、執念深く、徹底的にやったのだ。上海にはなかなかいい病院がある。大抵は外人が経営しているんだが、僕はその内からなるべく都合のいい歯科医と、眼科医と、整形外科の医者を、別々に選んで、根気よく通ったものだ。先ず人一倍濃い頭の毛をなくする事を考えた。毛を生《はや》すのはむずかしいけれど、抜くのは訳はないのだよ。脱毛剤だってなかなかよく利くものがある位だからね。序《ついで》に眉毛もグッと薄くして貰った。次に鼻だ。君も知っているように、一体僕の鼻は低い上に、余り恰好がよくなかった。それを象牙《ぞうげ》手術でもってこんなギリシャ鼻に作り上げてしまったのだよ。それから、顔の輪廓《りんかく》を変えることを考えた。ナアニ別に難しい訳ではない、ただ総入歯を作ればいいのだ。僕は一体受け口で歯並《はなみ》が内側の方へ引込んでいた。それに齲歯《むしば》が非常に多かった。そこで、さっぱりと全部の歯を抜いてしまった、痩《や》せた歯齦《はぐき》の上から、前とは正反対に、厚い肉の反歯《そっぱ》の総入歯を被せたのだ。そうすると、君が今見ているように、相好がまるで変ってしまう。この入歯を取った時に、初めて君は僕の正体を認めた位だからね。それから鬚を貯えたのは、ごらんの通りだが、残っているのは眼だ。眼という奴が変装にとっては一番厄介《やっかい》な代物だよ。僕は先ず一重の瞼を二重瞼にする手術を受けた。これはごく簡単に済んだけれど、どうもまだ安心は出来ない。絶えず眼病を装って、黒い眼鏡をかけて隠していようかとも思ったが、それも何だか面白くない。うまい方法はないかしらんと色々考えた末、僕は一方の目の玉を犠牲にすることを思いついた。つまり義眼にするのだ。そうすれば色眼鏡をかけるのに、義眼を隠す為という口実がつくし、目そのものの感じもまるで変ってしまうに違いないからね……という訳だよ。つまり僕の顔は何から何まで人工の作りものなんだ。そして、谷村万右衛門の生命は、僕の顔から全く消失《きえう》せてしまったのだ。併しこの顔はこの顔で、又見捨て難い美しさを持っていると思わないかね。明子なんかは、よくそんなことを云って、僕をからかったものだが……」

谷村さんはこの驚くべき事実を、何でもないことのように説明しながら、右手を左の眼の前に持って行くと、いきなり、その目の玉を、お椀《わん》をふせたようなガラス製の目の玉を、刳《えぐ》り出して見せたのである。そして、それを指先で弄《もてあそ》びつつ、ポッカリと薄黒く窪んだ眼《がん》窩《か》を、私の方へまともに向けて、言葉を続けた。

「そうして谷村という人間をすっかり変形してしまってから、僕達は相携《あいたずさ》えて日本へ帰って来た。上海もいい都だけれど、日本人にはやっぱり故郷が忘れられないのでね。そして、方々の温泉などを廻り歩きながら、全く別世界の人間のように暮らして来たものだ。僕達はね、十年に近い月日の間、世界にたった二人ぼっちだったのだよ」

片眼の谷村さんは、何か悲し相にして、深い谷を見おろしていた。

「併し不思議ですね、僕はそんなこととは夢にも知らず、今日に限って硫酸殺人事件のお話をするなんて……虫が知らせたと云うのでしょうか」

私はふとそこへ気がついた。偶然とすれば、怖いような偶然であった。

「ハハハ……」するとと谷村さんは低く笑って、「君は気がついていないのだね。偶然ではないのだよ。僕があの話をさせるようにしむけたのさ。ホラ、この本だよ。今日ここへ来る道で、君とこの本の話をしたっけね。あれはつまり、僕が君に硫酸事件を話させる手段だったのだよ。君はさっき、このベントリの『トレント最後の事件』の筋を忘れてしまったと云ったが、実は忘れ切ったのではなくて、君の意識の下に、ちゃんとその記憶が保存されていたのだよ。『トレント最後の事件』には、ある犯人が、自分が殺した人物に化けすまして、その人の書斎に入って、被害者の奥さんを欺瞞するというトリックが使用されている。それとこの硫酸殺人事件とは、大変似た部分があるじゃないか。だから、この本の表題を見ると、君は無意識の聯想から、あの話がしたくなったという訳なのだよ……この本に見覚えはないかね。ホラ、ここだ。ここに赤鉛筆で感想が書入れてあるね。この字に見覚えはないかね」

私は本の上に顔を持って行って、その赤い書入れを見た。そして、忽ちその意味を悟ることが出来た。私はすっかり忘れていたのだ。実に古い古いことであった。その頃まだ薄給の刑事だった私は、好きな探偵小説も思うように買うことが出来なかったので、谷村万右衛門さんの所へ行っては、新着の探偵本を借りたものだが、このベントリの著書は、その中の一冊だった。私はそれを読んだあとで、欄外に感想を書入れたことを思出す。赤鉛筆の字というのは、私自身の筆蹟であったのだ。

谷村さんは、それっきり話が尽きたように黙りこんでしまった。私も黙っていた。黙ったまある解き難い謎について思い耽《ふけ》っていた……谷村さんと私との、この計画的な邂《かい》逅《こう》には、一体全体どういう意味があったのだろう。谷村さんは、折角あれ程苦心して刑罰をのがれて置きながら、今になって警察官である私に、それをすっかり懺悔《ざんげ》してしまうなんて、その裏にはどんな底意が隠されているのだろう。アア、ひょっとしたら、谷村さんは飛んでもない思違《おもいちが》いをしているのではないかしら。この犯罪はまだ時効は完成していないのだ。それを年月の誤算から、時効にかかったものと信じ切っているのではあるまいか。そして、私が居丈高《いたけだか》になって逮捕しようとするのを、又しても嘲笑《ちようしよう》する下心ではあるまいか。

「谷村さん、あなたはどうしてそんなことを、僕におうちあけなすったのです。若しやあなたは時効のことを御考えになっているのではありませんか」

私が急所を突いたつもりで、それを云うと、谷村さんは別に表情を変えもせず、ゆっくりした口調で答えた。

「イヤ、僕はそんな卑怯なことなんか願ってやしない。時効の年限なんかもハッキリ知らない位だよ……なぜ君にこんな話をしたかというのかね。それは僕の体内に流れている、サード侯爵の血がさせた業《わざ》だろうよ。僕は完全に君に勝ったのだ。君はまんまと僕の罠にかかったのだ。それでいて、君がそのことを知らない、うまい推理をやった積りで得意になっている、それが僕には心残りだったのだよ。君にだけは『どうだ参ったか』と一ことアア、その為に、谷村さんはこうした底意地の悪い方法を採ったのだな。併し、その結果はどういう事になるのだ。果して私は負けっきりに負けてしまわねばならないのだろうか。

「確に僕の負けでした。その点は一言《いちごん》もありません。ですが、そういう事を伺った以上は、私は警察官として、あなたを逮捕しない訳には行きませんよ。あなたは私を打負かして痛快に思っていらっしゃることでしょうが、併し一方から云えば、あなたは僕に大手柄をさせて下すったのです。つまり僕はこうして、前代未聞の殺人鬼を捕縛する訳ですからね」

云いながら、私はいきなり相手の手首を摑《つか》んだものである。すると谷村氏は、非常に強い力で私の手を振り離しながら、

「イヤ、それは駄目だよ。僕達は昔よく力比べをやったじゃあないか。そして、いつも僕の方が勝っていたじゃあないか。一人と一人では君なんかに負けやしないよ。君は一体、僕がなぜこういう淋しい場所を選んだかということを気附いていないのかね。僕はちゃんとそこまで用意がしてあったのだよ。若し君が強《し》いて捕えようとすれば、この谷底へつき落してしまうばかりだ。ハハハ……、だが、安心したまえ。僕は決して逃げやしない。逃げないどころか、君の手を煩わすまでもなく、自分で処決してお目にかけるよ……実はね、僕はもうこの世に望みを失ってしまったのだ。生《いき》ていることに何の未練もありはしないのだよ。という訳はね、僕のたった一つの生き甲斐であった明子が、一月ばかり前に、急性

の肺炎で死んでしまったのだ。その臨終の床《とこ》で、僕もやがて彼女のあとを追って、地獄へ行くことを約束したのだよ。ただ一つの心残りは、君に会って事件の真相をお話しすることだった。そして、それも今果《はた》してしまった……じゃ、これでお分れだ……」

そのオ、ワ、カ、レ、ダ……という声が、矢のように谷底に向って落下して行った。谷村氏は私の不意を突いて、遥か目の下の青黒い淵へ飛込んだのであった。

私は息苦しく躍る心臓を押えて、断崖《だんがい》の下を覗き込んだ。忽ち小さくなって行く白いものが、トボンと水面を乱したかと思うと、静まり返った淵の表面に、大きな波の輪が、幾つも幾つも拡がって行った。そして、一瞬間、私の物狂わしい眼は、その波の輪の中に、非常に巨大な、真赤にはぜ割れた一つの石榴の実《み》を見たのであった。

やがて、淵は又元の静寂に帰った。山も谷ももう夕靄《ゆうもや》に包まれ始めていた。目路《めじ》の限り動くものとて何もなかった。あの遠くの滝の音は、千年万年変りないリズムを以て、私の心臓と調子を合せ続けていた。

私はもうその岩の上を立去ろうとして、浴衣の砂を払った。そして、ふと足元に目をやると、そこの白く乾いた岩の上に、谷村さんのかたみの品が残されていた。青黒い表紙の探偵小説、探偵小説の上にチョコンと乗っかっているガラスの眼玉、その白っぽいガラスの眼玉が、どんよりと曇った空を見つめて、何かしら不思議な物語を囁《ささや》いているかの如《ごと》くであった。

解説

日下三蔵

この「江戸川乱歩ベストセレクション」は、今まであまり乱歩の作品を読んでいない人がターゲットなので、まずはその業績を簡単に整理しておきたい。

1 日本で初めて本格的な謎解きミステリ作品をコンスタントに発表した（デビュー作「二銭銅貨」以下、「D坂の殺人事件」「心理試験」など）

2 新聞や大衆誌に一般向けのスリラー（『一寸法師』『蜘蛛男』『魔術師』など）、少年雑誌にジュニア向けのミステリ（少年探偵団シリーズ）をそれぞれ連載して、ミステリ読者の裾野《すその》を圧倒的に広げた

3 英米の推理小説を系統的に紹介して戦後の翻訳出版を推進した（評論集『幻影城』、ハヤカワ・ポケット・ミステリ・シリーズの監修など）

4 新人作家の育成・バックアップに全力を注いだ（「宝石」の編集、江戸川乱歩賞の設立など）

どれをとっても偉大な業績で、乱歩なくして今日のミステリ界はなかった、といっても過言ではない。だが、真に凄《すご》いのは、発表から八十年以上を経た現在でも、乱歩の小説が古びておらず、抜群に面白いということだろう。こんな作家は他にはいない。

乱歩の代表作のひとつである「パノラマ島綺譚」は、「新青年」の一九二六（大正十五）年十月号から二七（昭和二）年四月号まで、五回にわたって連載された（二六年十二月号と二七年三月号は休載）。

初出時タイトルは「パノラマ島奇譚」。単行本化の際に「パノラマ島奇談」と改題され、講談社文庫版、角川文庫版など、このタイトルで刊行されたものが最も多い。だが、表記は必ずしも一定しておらず、五七年に東宝でミュージカル化された際は「パノラマ島奇譚」、山内豊喜による絵物語（「探偵クラブ」五一年八月増刊号）では画家の手書きのタイトル部分は「パノラマ島奇談」、雑誌の目次では「パノラマ島綺譚」といった具合である。

本書では最新の光文社文庫版〈江戸川乱歩全集〉を底本にしているため、同書のタイトル表記を踏襲している。

連載時の担当編集者は、本格的に作家デビューする以前の横溝正史。乱歩自身のエッセイから、当時の様子をご紹介しておこう。

この小説は昭和元年から二年にかけて「新青年」に五回連載した。当時の編集長は横溝正史君で、同君の巧みな勧めによって、「新青年」に初めて書いた連載ものであった。この小説にも私の常套手法である「一人二役」トリックが使われている。それを犯人の側から描いた犯罪幻想小説である。最後に名探偵が出てくるけれども、それはほんのつけたりにすぎない。

連載中は余り好評ではなかった。初めの方の人間入れかわりの箇所は面白いにしても、この小説の大部分を占めるパノラマ島の描写が退屈がられたようである。ポーの「アルンハイムの領地」や「ランダーの屋敷」が私の念頭にあったのだが、出来上がったのは、意あって力足らぬ平凡な風景描写でしかなかった。しかし、発表後、年がたつにつれて、チラホラ好評を聞くようになった。中にも萩原朔太郎さんが、私の家の土蔵で酒を酌み交しながら、この小説をほめてくれたことを忘れない。それ以来、この作品に少しばかり対外的自信を持つようになった。

(「孤島に描く幻想世界――『パノラマ島奇談』わが小説」朝日新聞/六二年四月二十七日付)

「アルンハイムの領地」のタイトルが出ているが、乱歩の脳裏には、同じくポーの作品に想を得たと思《おぼ》しき谷崎潤一郎の短篇「金色の死」もあったことだろう。

本シリーズ既刊『黒蜥蜴』について「子供らしい私の作」とあとがきで述べているように、乱歩自身はおのれの夢想をそのまま出した作品に、羞恥《しゅうち》を覚えていた節があるのだが、読者としては本篇の人工楽園の奔放な描写こそが面白いところであり、乱歩ならではの夢想の数々が読みどころになっていると思う。

なお、本篇はしばしば漫画化されており、高階良子『血とばらの悪魔』（「なかよし」七一年十一月～七二年二月号）、長田ノオト『パノラマ島奇談』（「サスペリア」九二年六月～九月号）、丸尾末広『パノラマ島綺譚』（「コミックビーム」〇七年七月～〇八年一月号）などの収穫がある。丸尾版は二〇〇九年の第十三回手塚治虫文化賞新生賞を受賞している。

同時収録の「石榴」は、「中央公論」三四年九月号に「柘榴」として発表。ただしこれは挿絵画家による書き文字で、乱歩自身は一貫して「石榴」と表記しているため、本書でもそれに従っている。

E・C・ベントリーが一三年に発表した長篇『トレント最後の事件』に触発されて書かれた本格もので、導入部分で猪股氏が同書を読んでいるあたりに、乱歩の自信とフェアプレー精神が表れている。

当時私はベントリーの「トレント最後の事件」をおくればせに読んで、大変感心していたので、あの作のトリックを私なればこんな風に扱うのだ、日本流に書き直せばこんな風になるのだというような気持で筋立てをした。真似というよりは、同じ思いつきを私がどんな風に扱うか一つ見て下さいという心持であった。

（『探偵小説四十年』桃源社／六一年七月）

「中央公論」誌が探偵小説を呼び物として扱うのは初めてであったから、乱歩としても力の入った作品になったが、意に反して評判は芳しくなかったという。純文学畑からは、探偵作家を看板扱いにすることへの反発があったようだ。探偵小説畑からは、一人二役のトリックが初期の傑作「二癈人」（本シリーズ1『人間椅子』所収）の焼き直しと見られたのかもしれない。

しかし一人二役トリックは、乱歩自身が「私の常套手法」と認めるお気に入りのスタイルであり、それをもって低い評価を下すのは不当に過ぎる。本篇では、探偵と犯人の息詰まる対決、終盤におけるドンデン返しの連続、残酷でいながら余韻の残るラスト、といった要素を楽しむべきだ。

謎解きの要素と怪奇趣味の融合に苦心した乱歩の作品としては、もっともうまく両者のブレンドに成功したもののひとつといえるだろう。

いずれも一人二役トリックのバリエーションながら、怪奇な夢想の展開に重点を置いた「パノラマ島綺譚」と、論理的な推論が生み出すサスペンスを存分に描いた「石榴」、対照的な二つの力作で、乱歩の魅力をたっぷりと味わっていただきたいと思う。

本書は、光文社発行の『江戸川乱歩全集』（平成十五年―十八年）収録作品を底本としました。
本文中には、今日の人権擁護の見地に照らして不当・不適切と思われる語句や表現がありますが、作品発表時の時代的背景を考え合わせ、また著者が故人であるという事情に鑑み、著作権継承者の了解を得た上で、一部を改めるにとどめました。

編集部

パノラマ島綺譚《とうきだん》　江戸川乱歩《えどがわらんぽ》ベストセレクション⑥
江戸川乱歩《えどがわらんぽ》

角川ホラー文庫　15717

平成21年5月25日　初版発行
令和7年7月5日　24版発行

発行者——山下直久
発　行——株式会社KADOKAWA
〒102-8177　東京都千代田区富士見2-13-3
電話 0570-002-301（ナビダイヤル）
印刷所——株式会社KADOKAWA
製本所——株式会社KADOKAWA
装幀者——田島照久

本書の無断複製(コピー、スキャン、デジタル化等)並びに無断複製物の譲渡および配信は、著作権法上での例外を除き禁じられています。また、本書を代行業者等の第三者に依頼して複製する行為は、たとえ個人や家庭内での利用であっても一切認められておりません。

定価はカバーに表示してあります。

●お問い合わせ
https://www.kadokawa.co.jp/（「お問い合わせ」へお進みください）
※内容によっては、お答えできない場合があります。
※サポートは日本国内のみとさせていただきます。
※Japanese text only

Printed in Japan

ISBN978-4-04-105333-1 C0193

角川文庫発刊に際して

角川源義

第二次世界大戦の敗北は、軍事力の敗北であった以上に、私たちの若い文化力の敗退であった。私たちの文化が戦争に対して如何に無力であり、単なるあだ花に過ぎなかったかを、私たちは身を以て体験し痛感した。西洋近代文化の摂取にとって、明治以後八十年の歳月は決して短かすぎたとは言えない。にもかかわらず、近代文化の伝統を確立し、自由な批判と柔軟な良識に富む文化層として自らを形成することに私たちは失敗して来た。そしてこれは、各層への文化の普及滲透を任務とする出版人の責任でもあった。

一九四五年以来、私たちは再び振出しに戻り、第一歩から踏み出すことを余儀なくされた。これは大きな不幸ではあるが、反面、これまでの混沌・未熟・歪曲の中にあった我が国の文化に秩序と確たる基礎を齎らすためには絶好の機会でもある。角川書店は、このような祖国の文化的危機にあたり、微力をも顧みず再建の礎石たるべき抱負と決意とをもって出発したが、ここに創立以来の念願を果すべく角川文庫を発刊する。これまで刊行されたあらゆる全集叢書文庫類の長所と短所とを検討し、古今東西の不朽の典籍を、良心的編集のもとに、廉価に、そして書架にふさわしい美本として、多くのひとびとに提供しようとする。しかし私たちは徒らに百科全書的な知識のジレッタントを作ることを目的とせず、あくまで祖国の文化に秩序と再建への道を示し、この文庫を角川書店の栄ある事業として、今後永久に継続発展せしめ、学芸と教養との殿堂として大成せんことを期したい。多くの読書子の愛情ある忠言と支持とによって、この希望と抱負とを完遂せしめられんことを願う。

一九四九年五月三日

人間椅子

江戸川乱歩ベストセレクション❶

江戸川乱歩

孤独な職人が溺れた妖しい快楽

貧しい椅子職人は、世にも醜い容貌のせいで、常に孤独だった。惨めな日々の中で思いつめた男は、納品前の大きな肘掛椅子の中に身を潜める。その椅子は、若く美しい夫人の住む立派な屋敷に運び込まれ……。椅子の皮一枚を隔てた、女体の感触に溺れる男の偏執的な愛を描く表題作ほか、乱歩自身が代表作と認める怪奇浪漫文学の名品「押絵と旅する男」など、傑作中の傑作を収録するベストセレクション第1弾！　〈解説／大槻ケンヂ〉

角川ホラー文庫
ISBN 978-4-04-105328-7

芋虫

江戸川乱歩ベストセレクション❷

江戸川乱歩

極限を超えた夫婦の愛と絆

時子の夫は、奇跡的に命が助かった元軍人。両手両足を失い、聞くことも話すこともできず、風呂敷包みから傷痕だらけの顔だけ出したようないでたちだ。外では献身的な妻を演じながら、時子は夫を“無力な生きもの”として扱い、弄んでいた。ある夜、夫を見ているうちに、時子は秘めた暗い感情を爆発させ……。

表題作「芋虫」ほか、怪奇趣味と芸術性を極限まで追求したベストセレクション第２弾！　〈解説／三津田信三〉

角川ホラー文庫

ISBN 978-4-04-105329-4